彼女たちの場合は　上

江國香織

集英社文庫

彼女たちの場合は　上

木坂理生那はその午後をくり返し思いだすことになる。娘からの手紙——といっても走り書きのメモのようなものだったが——を見つけたときの部屋の仄暗さ、左腕に抱えていた、クリーニング店から受け取ってきたばかりの衣類(一着ずつビニール袋に包まれており、手紙を手にとろうとして身をかがめると、ぱさぱさとひ弱な音を立てた)。確かにそれはよく晴れた秋の午後で、アメリカ東部特有の澄んで乾いた空気と、郊外の住宅地であればどこでもそうである程度の静けさに満ちてもいたのだが、その記憶は理生那のなかで時間と共に誇張され、やがて、「息をのむほど美しい日で、それが逆に不穏だった」ことになり、「こわいくらい静まり返って、この世から音という音が消えてしまったみたいだった」ことになる。

九歳の息子をアイスホッケークラブに送って行き、クリーニング店に寄って帰宅したところだった。右手に手紙を持ち、左腕に衣類の入ったビニール袋を幾つも抱えたまま、理生那は窓辺に立って外を見た。無論、そこに娘がいるはずもなく、たったいま自分が歩いてきた車寄せの向う、大きな木々の葉が見事に黄色くなった並木道を、近所に住む金髪の少年がスケートボードに乗って通りすぎるのが見えただけだった。少年は赤いセーターを着ていた。

夫に、そして兄に、続けて電話をかけたのは夕方になってからだった。それを理生那は、のちに夫から責められることになる。どうしてすぐに連絡しなかったのか、一体何を考えていたのか。

けれど何度思い返しても、記憶はそこだけ欠落していた。手紙を見つけたときに自分がどう感じ（驚いたはずだし、恐怖を感じもしたはずだが、一方で、妙に冷静だったような気もする。認めたくなかったのかもしれない）、何を考えていたのか（何も考えられなかった。あるいは何もかも考えてしまった。そしておそらく、大したことではない、と思おうとした。娘も逸佳も所詮子供だ。だからすぐに帰ってくるだろうと、高を括った。いや、そうだろうか。逆だったかもしれない。もうそれは起きてしまったと、だから騒いでも無駄だと、どこかで知っていたような気もする）。

はっきり思いだせるのは、手紙を見つける前に自分が考えていたことだ。手紙を見つける前、理生那の人生にまだ娘がいて、家族四人の日常がずっと続くものだと思い込んでいられた日々の最後の瞬間に考えていたこと――。水曜日にはいつもそうしているように息子をクラブに送り届け、クリーニング店に寄って帰宅し、我家の匂いをあたりま

えに呼吸しながら、
あたしはUの発音に問題がある、と、理生那は考えていたのだ。それは、ちょっとした発見だった。教会(church)、さらにもっと(further)、注ぐ(pour)、バスタブ(bathtub)、バーボン(bourbon)。通じなかったり訊(き)き返されたりする言葉にはすべてUが含まれており、何の因果か、それらは自分の人生に必要不可欠なものばかりだったからだ。

二つあるベッドの片方に寝そべってリースチョコレートをたべながら、礼那(れいな)はテレビを観ている。隣のベッドには従姉(いとこ)のいつかちゃんが、地図やガイドブックや時刻表を何冊も広げて、そのまんなかにあぐらをかいて坐(すわ)っている。窓の外はソーホー。ここはすごくお洒落(しゃれ)なホテルだ。フロントデスクは小さな図書室みたいなところにあったし、廊下はいい匂いがした。客室の壁はむきだしのコンクリートで、でもベッドは気持ちよくふかふかしており、寝具のすべてがまぶしいほど白い。マンハッタンには家族で何度も来たことがあるが、たいていは日帰りだし、たまに泊るとき――というのは日本からお客さんが来たとき――も、もっとアップタウンにある、大きくて平凡なホテルに泊る。ダウンタウンの方が断然おもしろいのに。
「ねえ、いつかちゃん」

礼那は従姉に言ってみる。

「どうしてもあした出発しないといけない？」

「いけない」

従姉の返事はにべもない。旅程を考えるのに余念がないらしく、礼那の方を見もしなかった。

「でも、このへんにはかわいい服屋とか雑貨屋とかがいっぱいあるよ？　たぶん、おいしいパン屋とかカフェとかも」

今度は返事もなかった。

仕方がないので、礼那はテレビに意識を戻す。〝ベター・ザン・ザ・パイ〟の再放送だ。すこし前に学校の女の子たちのあいだで人気のあったドラマで、家では観せてもらえなかったが、録画している友達がいて、その子の家で、礼那もほとんど全部観ていた。七人の高校生の話で、恋をしたり喧嘩をしたり、レイプされたり自殺未遂したり、小さい子供を助けようとして車に撥ねられて片足を失ったり、両親の借金を返すために高校を退めて働いたり、だまされて違法薬物の運び屋に（自分ではそうと知らずに）なって警察に捕まったりする。毎回すごいことが起こるので目が離せなかった。礼那はすごいことが好きだ。すごいことは、テレビドラマや映画や本のなかでだけ、たくさん起こる。礼那の家ではその種のテレビをほとんど観せてもらえないし、映画館にもたまにしか連れて行ってもらえないのだが、本は好きなだけ買ってもらえる。日本にいたころもそうだったし、アメリカに来てからもそうだ。だから礼那は本をたくさん読んできた。サリンジャーもミランダ・ジュライもデニス・ルヘインも読んだし、村上春樹もよしもとばななも太宰治も読んだ。もっと小さいころには、もちろん『不思議の国のアリス』や『クマのプーさん』や『ナルニア国物語』を読んだ。おもしろかった本は他にもいろいろある（ついこのあいだも、母親の本棚にあった『アマリリス』という本を読んだばかりだ）が、いちばん好きなのは、なんといってもアーヴィングだ。アーヴィングの小説のなかでは、すごいことが次々に起こる。

　こっちの小学校に転入したばかりのころ、礼那は本の虫というあだ名をもらった。そのあだ名をつけたのは生徒ではなく教師だったし、べつに、からかわれたりいじめられたりしたわけではなかったのだが、それでもミミズなどと呼ばれるのは気持ちが悪くて心外だったから、中学に入ってからは、なるべく学校では本を読まず、みんなから浮かないように、母親に内緒で安い化粧品を買ってつけたり、全然興味のないワン・ダイレクションにも興味のあるふりをして、あの五人のなかで誰がいちばん恰好いいと思うか、訊かれたらこたえられるようにもしていた。

「れーな、フラッグストップって何？」

　いつかちゃんが訊く。

「小さい駅。普段は電車が停まらないで、全部通過しちゃうの。誰かが乗ったり降りたりするときはべつだけれど」

「誰かが乗ったり降りたりするかどうか、どうやってわかるの？」

「知らない」

　年下の礼那は即答したが、この国のことは年下でも自分が教えてあげなくてはいけない立場だったことを思いだし、

「知らないけど、切符を買うと連絡が行くんじゃないかな、車掌さんに」

と、想像して言ってみた。ベッドから降り、リースチョコレートの包み紙をゴミ箱に捨てる。

「そうなの？」

　いつかちゃんはあまり信じていないふうに言った。

「じゃあETって何？」

「ET？」

　わからなかったので訊き返し、従姉が読んでいるもの——というか、読もうとしているもの——をのぞき込むと、それは列車の時刻表だった。

「ああ、イースタン・タイムゾーンの略だよ、東部標準時っていうの？　こっちにCTとかMTとかあるでしょ。CTがセントラル・タイムゾーンで、MTがマウンテン・タ

イムゾーン。アメリカはほら、国内でも時差があるから」

がるる、と吠(ほ)えるみたいな声をだし、いつかちゃんは時刻表を放りだした。

「ったく、めんどくさいなあ」

　本や地図の散らばったベッドの上に、ばたんと仰向(あおむ)けに倒れる。水色のシャツに紺色のセーターにブルージーンズ。いつかちゃんはブルーが好きだ。そういえば、夏に着ていたビキニも鮮やかな青だった。それで、男の子みたいに短い髪をした、背が高くて痩せっぽちの、昔からよく知っているこの従姉のおっぱいが、大人みたいにちゃんとたっぷりしているのを見て、この夏に礼那は驚愕(きょうがく)したのだった。

　いつかちゃんには、日本にいたころによく遊んでもらった。親同士の仲がよく、家も近かったので頻繁に行き来していたし、夏は海に、冬はスキーに、二家族で一緒にでかけた。岡山の祖父母の家では、おなじ部屋に布団をならべて二人で寝た。父親の仕事の都合で礼那がアメリカに来てからは、年に一度の里帰りのときと、いつかちゃん一家がこっちに遊びに来たときにしか会えなくなっていたのだが、この夏からいつかちゃんはこっちの学校に通うことになり、礼那の家に住んでいる。住んでいた、と言うべきだろうか、こうして二人で、いまは家を離れたのだから。

「私たち、いまソーホーにいるね」

　うれしいのと信じられないのと半々の気持ちで、礼那は言った。

「それで、あしたはニューヨークをでるんだね」

私たちアメリカを見なきゃ、と言って、旅にでることを発案したのはいつかちゃんだった。礼那の部屋で、何日もかけて計画を練った。それがついに現実になったのだ。

「いつかちゃん、れーな、わくわくするよ」

身体の全部から喜びが湧きあがり、声にそれを滲ませてしまいながら礼那は言った。二人きりの旅というのは、ちょっと〝すごいこと〟だ。そうじゃないだろうか。

「私たち、どこにでも行かれるんだね？」

返事はわかっていたが——というのも、これは従姉に何度も言われた言葉だったから——、もう一度尋ねる。従姉はむっくり起きあがり、にっこりして、礼那が聞きたかったことを言ってくれる。

「もちろん。だって、行かれないわけがないでしょ」

と、事もなげに。

「チーク！」

礼那は叫び、従姉の頬に自分の頬をつける。窓の外は夕方で、街灯や店のあかりが路上にやわらかくこぼれている。

「れーな、あんた、ピーナツバター・チョコレートくさい」

いつかちゃんは言って笑った。

国際電話がかかってきたのは午前六時五十分で、三浦新太郎はまだ寝ていた。

「理生那ちゃんよ。逸佳がまた何かしたみたい」

妻に揺り起こされ、子機を手渡された。新太郎は目をしばたいて眠気を払い、片手で頭を掻く。起きぬけは、いつも頭皮が痒くなるのだ。

「もしもし」

かすれ声がでた。

「新ちゃん？」

妹の声は平板だった。

「そっちは朝よね。起こしてごめんなさい。でも逸佳がいなくなったの、礼那を連れて」

理解するのにすこし時間がかかった。

「いなくなった？」

そばに立っていた妻が、眉を上げて口をへの字にしてみせる。

「ええ、たぶん」

妹の返事は心許ない。

「リビングに手紙が置いてあったの」

礼那が書いたというその手紙を、妹は電話口で音読した。

「ディアダッエンマム」

「何だって？」

「ディア、ダッド、アンド、マム。そこだけ英語なの」

「ああ」

「あ、最後の〝ラブ〟も英語だけど」

「うん」

「いつかちゃんと旅にでます。これは家出ではないので心配しないでね。電話もするし、手紙も書きます。旅が終ったら帰ります。ラブ。礼那」

新太郎には、何が問題なのかわからなかった。

「旅にでちゃだめなのか？」

「ここはアメリカで、礼那はまだ十四歳なのよ？」

理生那が言う。

「家の近所以外は、一人で歩かせたこともないの。どこに行くにも車で送り迎えしてるの、知ってるでしょう？」

知っていた。

「旅って、どこに行ったんだ？」

理生那はため息をつく。

「それがわからないから心配してるの。どこに行くとも、いつ帰るとも書いてないから」

妻が新太郎の肩にカーディガンをかけた。

「でも、電話するって書いてあるんなら、それを待てばいいんじゃないのか?」

「礼那はまだ十四歳なのよ?」

力のない声で理生那はおなじ言葉をくり返したが、そばにいる妻はすでに緊張をといていた。新太郎の口調と言葉から、深刻な事態ではないと判断したのだろう。

「逸佳だってまだ十七でしょう? 子供じゃないの。ほんとうなら高校に通ってる年なんだから」

一人娘の逸佳は半年間の不登校を経て、去年高校を自主退学した。成績はよかったし、高卒認定試験にも合格したので、アメリカの大学に留学させたのだ。もっとも、まだ学部生ではなく、大学の附属機関である語学学校に通っている身だったが。

「あの子は見かけが大人っぽいし、言うことも大人びているけど、未成年であることに変りはないわ」

妹が、この出来事を逸佳の――ということはつまり新太郎の――責任だと考えていることは、言われなくてもわかった。旅にでるなら一人で行ってほしかったと考えていることも。

「学校だって、二人とももう新学期が始まっているのよ」

夫が帰ってきたら、たぶん警察に連絡することになると思う、と理生那は言った。ここはもう暗くなってきたし、他にどうしていいかわからないから、と。

新太郎は妹夫婦にかけてしまう迷惑を詫びたが、この時点ではまだ、娘たちの安否についてはほとんど心配していなかった。それどころか、逸佳らしいと内心愉快に思いすらした。やってくれるじゃないか、と。

しかし三浦新太郎もまた、妹から国際電話がかかってきたこの十月の朝を、一つの分岐点としてのちに何度となく思いだすことになる。電話を切り、妻を探したが見つからなかったこと（妻はゴミを捨てにでていたのだ）、戻ってきた妻と二人で朝食を摂ったこと、逸佳が礼那を連れて旅にでたと告げても、妻が驚かなかったこと（新太郎同様、妻の目にも一瞬おもしろがるような色が浮かんだ）——。新太郎も妻も若いころにはバックパッカーとしてあちこちを歩き、かわいい子には旅をさせよという諺が、昔から大好きだったのだ。

街はすっかり暗くなってしまった。

高級惣菜デリの、ガラスに面したカウンター席に礼那とならんで腰掛けて、逸佳はいた。

ま海苔巻をたべている。冷蔵ケースにならんでいたそれは、ひんやりして清潔な味がした。

「まず切符を買わなきゃね」

デリのすぐ目の前が、バス発着所のポート・オーソリティだ。ガイドブックには、切符は当日でも買えると書いてあったが、満席の場合もあるともまた書いてあったので、急ぐ旅ではないとはいえ、念のために先に買っておきたかった。そして、そういう自分を小心者だと思った。行きあたりばったりの旅をしようと決めたくせに――。

「おいしいね」

新しい帽子をかぶって、機嫌のいい礼那が言う。ホテルのそばのブティックで、ついさっき買ったばかりのその地味なニット帽（モスグリーンとカーキの混ざった色合い）は、人形じみた幼い顔つきで色白の、礼那によく似合っている。

「こっちのきゅうりって、色も風味もハニデューメロンみたいだね」

かっぱ巻を一つつまみあげて逸佳が言うと、

「だって、それがきゅうりじゃない？」

と、礼那はたのしそうにこたえた。家出同然にでてきたというのに、すこしも不安そうに見えない（逸佳はもちろん不安だった。いまごろ、叔母夫婦はさぞ心配していることだろう）。

「日本のきゅうりはもっと色も味も濃いよ」

逸佳は言い、使わなかった醬油の小袋――余分に取ってきていたのだ――をごっそりつかんでコートのポケットにつっこむ。

「そうだっけ？」

礼那は、日本のきゅうりを忘れてしまったようだった。

ポート・オーソリティには、夜でも人がたくさんいた。建物のなかは蛍光灯が白々とあかるく、雑然としている。誰もが急ぎ足なせいか、大きな荷物のそれぞれに生活感があるせいか、逸佳は何だか気圧されてしまう。アメリカには有色人種が多い――無論、自分もその一人だが――、と改めて思う。

「こっち」

礼那が先に立ち、案内表示を頼りにエスカレーターを降りて行く。チケット売り場は地下にあるらしい。

アメリカ留学は、高校を中退してしまった自分のために両親が用意してくれた代案であって、逸佳が自分から望んだことではなかった。かといって、ことさら日本にいたいと望んでいたわけではないし、アメリカ以外のどこかに、行きたいと望んでいたわけでもなく、要するに、逸佳には〝望み〟というものがないのだった。望まないことだけがたくさんある。自分が何をどうしたいのかはわからないのに、いやだ、ということだけははっきりとわかる（だから、英語のなかで逸佳がいちばんよく使う言葉は〝ノー〟だ）。

　これまでの人生で逸佳が〝ノー〟だったものは、たとえば学校だし、恋愛だし、女の子たちだった。太ることも、友達と喋（しゃべ）ることも、作文や日記を書くことも〝ノー〟だったし、友達の家に泊りに行くことも、友達が家に泊りに来ることも、ロックコンサートでみんなが一緒に盛りあがることも〝ノー〟だった。長電話も、即レスが義務みたいなLINEも、煙草（たばこ）も、化粧も、写真を撮られることも、愛想笑いをするのも見るのも〝ノー〟だった。数えあげたらきりのないそれら〝ノー〟のなかを、逸佳は辛（かろ）うじて生きのびてきた。それは疲れることだったので、十七歳が若いことは知っていたが、逸佳はときどき自分を年寄りのように感じるのだった。

　チケットはすぐに買えた。窓口で係員と問答することもなく、券売機で、あっさり。


　なぜ隣家の夫婦が来ているのかわからなかった。エドワードとアリスのバリントン夫妻は善良な人たちだが、これではまるで、隣人が駆けつけなくてはならないほど深刻な事態が、この家で起きているようではないか。

「いつ来たんだ？」

　彼らを指して、妻の理生那にこっそり日本語で尋ねると、

「さっきよ。パトカーが来たとき」

という返事だった。木坂潤は気に入らない。エドワードに肩をたたかれて気休めを言われたことも、アリスにコーヒーをすすめられたことも。通報に応えてすぐに来てくれたものの、三十分もしないうちに帰って行った警察官二人が、揃って子供みたいに若かったことも、いまのところ事件性はない、などと、しかつめらしく言ったことも。事件になってからでは遅いから通報したというのに――。

「パトロール車両には連絡しましたから」

太った黒人女性警官は言った。

「近くにいれば見つかるかもしれません」

と。

「かもしれません?」

潤が気色ばむと、女性警官は両肩を持ち上げて首をすくめた。平然とした顔つきだった。心配しているようにはすこしも見えなかったし、本気で探そうとしているようにすら見えなかった。

「手紙を見たでしょう? 内容も説明しましたよね。あの子たちは散歩にでたわけじゃなく、もっと遠くに行こうとしているんです。しかも一人は金を持っています。親のクレジットカードも。いまごろアムトラックに乗っているかもしれない。いや、いなくなったのが昼ごろだから、もうよその街に着いているかもしれない」

女性警官はまた首をすくめた。どうしようもない、とでもいうように。

「フィラデルフィアかもしれないし、ボルティモアかもしれない」

潤は続けた。

「ナイアガラ！　そうだ、ナイアガラかもしれない。前に家族で行ったことがあるんです、滝を見に。あそこは観光客だらけだから日本人の子供がいても目立たないし、橋を渡ればカナダだ。あそこなら歩いて国境を越えられることを、礼那は知っています」

「私たちも知っています」

女性警官が言い、その落着き払った口調に潤は腹が立ったが、自分の要求――どこもかしこも探し回ってほしい――に無理があることもわかっていた。あて推量に意味がないことも。もし逸佳が西海岸行きの航空券を買っていたら？　あるいはフロリダ行きの？　ディズニーランドだかワールドだか、その手の場所を目指して。

「ご主人(サー)」

もう一人の警官――南米系の顔立ちの、小柄な男性警官――が口をはさんだ。

「ご心配なのはわかります」

また〝ウィーノウ〟だった。

「ですが、我々には今夜これ以上できることはありません」

潤にも、ほんとうはわかっていた。それでも、ただ手をこまねいていることには耐えられず、

「娘はまだ十四歳なんです」

と、すがるような気持ちで言った。

「わかっています、さっきうかがいましたから。でも、彼女は一人ではなく従姉と一緒で、手紙には――」

どうしようもなかった。

「見つけたら、すぐに保護してご連絡します」

男性警官がそう言って帰ろうとしたとき、潤が呆れたことに、女性警官は立ったままコーヒーをのんでいた（おそらくアリスがふるまったのだろう）。

「ご主人」

玄関口で、男性警官はふり返った。

「一つ助言させていただいてもいいですか？　娘さんたちに早く帰ってきてほしければ、クレジットカードを止めることです」

その小柄な南米系の若者は言い、色男ぶった笑みまで余裕たっぷりにこぼしたのだった。

「大丈夫よ」

いままた、アリスが潤の背中に手をあてて言う。

「イツカが一緒だし、レイナは素直ないい子だもの。きっとすぐに帰ってくるわ」

ソファには理生那とエドワードがならんで腰掛けており、その向い側の肘掛け椅子には、隣家のテリアを膝にのせて、息子の譲がおとなしく坐っている。その光景は、礼那の不在を具体的に決定づけるものだった。いつもなら、隣家の犬を抱いて離さないのは礼那だったし、譲がこんなふうにおとなしくしているのは、病気でもない限りあり得ないことだからだ。

「譲」

ふいに息子が気の毒になり、潤は声をかけた。

「心配ないから、お前はもう階上に行って寝なさい」

潤がぎょっとしたことに、そのとき理生那が笑い声を立てた。乾いた短い笑い声を立てて、

「urgent!」

と大きな声で言う。

「urgentも、Uで始まる単語だわ」

潤には、そのことの何が可笑しいのかわからなかった。

起きるのは八時の予定だったのに、礼那が目をさましたのは七時前だった。ブラインドのせいで、部屋のなかは暗い。それでも、物の形が全部はっきり見えるくらいにはあかるかった。隣のベッドで眠っているいつかちゃんを起こさないように、そっと窓辺に行く。ブラインドの脇から外を見ると、もうお日さまが昇っていた。トイレを使ったあと、バスルームの鏡に映った自分の姿をしげしげと見る。大きすぎるバスローブを着て立っているのはもちろんいつもとおなじ自分で、それなのにいま、家から離れたこんな場所にいることが、なんだか信じられなかった。

礼那の部屋で何度も作戦会議をしたとき——あの部屋！　きのうまでそこにいたのに、もうなつかしく感じる——、いつかちゃんと二人で、この旅にまつわるいろんなルールを作った。たとえばこういうのだ（他にも幾つか細かいやつがあるのだが、ノートを見ないと全部は思いだせない）。

・荷物は最小限にする。
・陸路を使う（これを主張したのはいつかちゃんだ。飛行機の方が速くて便利なのに）。
・訊かれたら、いつかちゃんは二十一歳だとこたえる。
・訊かれたら、日本から来た観光客だとこたえる。
・家に電話をするときには、公衆電話からにする。
・携帯電話は緊急用で、旅のあいだは電源を切っておく（GPS機能がついているかもしれないから)。
・手紙はいつ書いてもいいけれど、具体的に居場所がわかることや、そのとき向ってい
る場所については書いてはいけない。
　そして、なかでも大切な二つのルールは、
＊今後、この旅のあいだにあった出来事は、永遠に二人だけの秘密にする。
　というのと、
＊もし途中で帰りたくなっても、旅が終るまでは絶対に帰ってはいけない。
　というのだった。
　旅はたのしみだったが、ルールのことを思いだすと、礼那はすこし緊張する。ルール
というのは破ってはいけないものだから、破るつもりなんてなくても、大事なものだと
思うとそれだけで緊張してしまうのだ。どうしてなのかわからないが、大事なものが、
礼那はいつもこわいのだった。
　いつかちゃんは、八時十分前に目をさました(何時に目ざましをかけてあろうと、そ
の時間のすこし前に目がさめる性質(たち)なのだそうだ)。二人で順番にシャワーを浴び、朝
食は抜いて、ホテルをチェックアウトした。母親が知ったら怒るだろうなと礼那は思う。
家では絶対に朝食を抜かせてもらえないのだ。たべたくなくても、時間がなくても。
「ハヴァナイスデイ」

ホテルの人の言葉を背中で聞きながらドアをでると、おもてはまぶしいほど晴れていた。

「朝！」

礼那はつい声にだしてしまう。いまが朝なのは知っていたし、いつかちゃんだって知っているに決っているのに。

歩くにつれ、街はどんどん匂いを変えた。新鮮な外気、生ゴミ、排気ガス、コーヒーとペストリー、そして地下鉄の入口からはみだしてくる、もわっとした匂い。

階段を降りながら、すぐ帰ってくるからね、と心のなかで家族に言った。家族に、でももしかすると自分に。

「れーな、小玉ねぎの顔って憶えてる？」

隣でいつかちゃんが言った。

「小玉ねぎの顔？」

訊き返したが、ほんとうは憶えていた。礼那がほっぺたをふくらませた顔のことで、そうすると小玉ねぎにそっくりなのだそうだ。礼那がまだ幼稚園に通っていたころ、いつかちゃんがそれを発見した。以来たびたびせがまれて、そのたびに礼那はほっぺたをふくらませてみせた。

「あはは、憶えてるんじゃん。れーなは嘘が下手だね」

改札口を通りながらいつかちゃんが笑う。憶えてない、と言えなかったのは、つられて礼那も笑いだしてしまったからだ。

「やってみて」

いつかちゃんがせがむ。

「ねえ、やってみてよ」

地下鉄に乗っているあいだじゅうせがまれた(いつかちゃんは結構しつこいのだ)けれど、礼那はやってみせなかった。その顔がいまでもできるのかどうか、自分でもわからなかったからだ。


長距離バスの腹に、荷物が次々収納されていく。しかし逸佳は、自分たちの番になると、荷物をあずけることを拒否した。他の乗客の荷物に比べると、自分たちのそれはずっと小さかったし、大切なものがいろいろ入っているので、手の届かないところに置きたくなかったのだ。髭(ひげ)をはやした中年の係員はわずかに肩をすくめて、じゃあ乗れ、と言うように、親指を肩のうしろに向ける。三十番ゲートは地下二階で、夜みたいに侘(わび)しく螢光灯に照らされている。おもての晴天が嘘のように。

「埃(ほこり)くさいね」

乗り込みながら礼那が言う。

「っていうか、ディーゼルエンジンくさいよ」

逸佳はこたえた。匂いは、鼻というより口から入ってくるように思えた。

車内全体が見える方が安心な気がして、いちばんうしろの座席にならんで坐る。膝に、それぞれリュックサックを抱えて。礼那は、リュックの他にも布の袋を肩から斜めがけにしている。

「あっちの端に寄って」

逸佳は礼那に指示し、自分は反対側の窓際に寄った。もしバスがすいていれば、膝ではなく隣に荷物を置けるように。いったん指示に従った礼那は、しかしすぐに心細そうな顔をして、あいだに人が入るより早く、逸佳の横に戻ってきた。

「一人はいや」

と言う。そして、すぐにわかったことだが、どっちみちバスは満席だった。すべての乗客が乗り込むと、運転手がマイクを通して注意事項をならべた。携帯電話は厳しく使用禁止とか、酒をのむことも禁止とか、音のでるゲームもいけないとか。ざっと見たところ、乗客の半分は学生で、残りの半分は老人だった。

時刻表が正しければ、このバスは午後四時にボストンに着く。

べつにボストンでなくてもよかった。でも、どこかに行くためにはそのどこかがどこなのか決めなくてはならず、決めずに探すにしても、まずどこから探すかを決めなくてはならないわけで、礼那がメイン州に行きたがったので、そこに近づくべく、とりあえず北上してみることにしたのだった。

陸路で行くと決めたのは逸佳だ。陸路なら風景が見える。この国が。すくなくともその一部が。行きたい場所も行きたくない場所もなく、とくにやりたいことがあるわけでもなくて〝ノー〟だけがある逸佳にとって、〝見る〟ことは唯一〝イエス〟なことだった。イエスだと、確信を持って言えること。

この記念すべき最初のバスは、だから逸佳を落胆させる。地下を出発したあとしばらくトンネル状の道が続き、ようやく地上にでたと思うとあとはずっと高速道路で、どこまでも続くフェンスと遠くの木立ち、それに派手で巨大な看板しか見えなかったからだ。

小さいとはいえ膝にのせておくには大きくて重いリュックサックの下で、礼那が逸佳の手を握りしめる。

「心配？」

手を握られたまま尋ねると、

「全然」

と礼那はこたえる。

「ただ、ちょっとどきどきしてきたの」

と。

逸佳は叔母夫婦のことを考えた。きっと怒っているはずだ。不良の姪なんかあずかったばっかりに、と、（とくに叔父は）思っているだろう。アメリカに来てから急に教会が好きになったらしい叔母は、きっと神さまに祈っている。

「帰りたくなったら帰ってもいいよ、れーなは」

窓に頭をもたせかけて言うと、

「なんでっ？」

という憤然とした声が返り、逸佳の手にかぶさっていた礼那の手が離れる。

「なんでそんなこと言うの？　ルールを決めたのに。もう忘れちゃったの？」

礼那は真剣な顔をしていた。

「そうじゃないけど」

車内は驚くほど静かだ。自分たち二人と初老のカップル一組の他は、全部一人で乗ってきた人たちだからだろう。

「お腹すいたね」

礼那は呟き、背もたれにもたれると、再びリュックの下で逸佳の手を握った。

「うん。着いたら何かたべよう」

何がたべたいかと尋ねると、礼那はすこし考えて、パンケーキとこたえた。

あれほど晴れていた空が、いつのまにか曇っていた。車内は暖房がきいており、誰かの嚙んでいるガムの、人工的なチェリーの匂いが漂っている。

バスはひた走り、気がつくと礼那は眠ってしまっていた。逸佳はリュックのポケットから iPod のイヤフォンをひっぱりだし、両耳にはめる。ホセ・ゴンザレスを聴きながら、かわりばえのしない窓外の景色を眺める。


ボストンは雨が降っていた。

バスを降りたのは四時ちょうどで、それなのにすでに夕闇が濃い。寒い、というのが逸佳の思ったことで、

「なんで真暗?」

というのが礼那の言ったことだった。寝起きの、ぼんやりした顔をしている。ターミナル内のベンチに腰を落着け、逸佳は折りたたみ式の地図をひろげた。予定では、歩いて中華街を抜け、そのあたりに密集しているホテルの一つに部屋を取るつもりだった。そこに荷物を置き、街をすこし歩いて様子をつかんでから、早目の夕食（というか、きょう最初の食事）にしようと考えていた。でも雨が降っていて、傘がないと寒いので、近くても地下鉄に乗った方がいいかもしれない。

「あのさ、れーな」

歩くのと地下鉄に乗るのとどちらがいいか訊こうとして目をあげると、礼那はいなく

なっていて、奥の自動販売機の前で、白人の若者三人組（二人が男で一人が女）と何か話していた。

「れーな！」

呼ぶと、発泡スチロールのカップに入ったホットチョコレートを手に戻ってきて、

「いつかちゃん、あのね、あの人たちクジラを見に来たんだって。クジラ、見に行こうよ、れーなすごく見たいよ。すごくすごく見たい」

と興奮ぎみに言う。この従妹（いとこ）が昔から大の動物好きだったことを逸佳は思いだした。

「でもその前に宿を決めないと」

逸佳が言うと、礼那は、

「わかった」

とこたえ、持っていたカップをさしだして、

「のんで。あったまるから」

と言い置いて三人組の元に戻ってしまった。逸佳は、泡立ったその甘い液体に口をつける。安っぽく薄い味がしたが熱く、空っぽの胃に、それはしみた。

結局、地下鉄を選んだ。レッドラインで、パークストリートまで二駅。最初に目についたホテルに空室があった。ガイドブックに「最高級」と記されていたホテルで、小ぢんまりしている。

「時間があるから、先にお風呂に入ってもいい?」

部屋に入ると礼那が言った。時間があるというのは夕食までにという意味で、礼那はさっきの三人組と、一緒に食事をする約束をしてしまったのだった。

「だって、いろいろ教えてもらわなきゃならないでしょ? クジラを見に行く船のこと」

地下鉄のなかでそう説明した。マーク、ファーガス、リビーというのが彼らの名前で、リビーとマークが姉弟(きょうだい)で、ファーガスとリビーがカップルだということも。

「いいよ。私はそのあいだに散歩に行ってくる」

窓の外を見ながら言った。

「散歩? でも雨が降ってるよ」

「平気」

そっけなくこたえる。ベッドに坐って地図をひらいた。ホテルのまわりの道を、ある程度知っておきたかった。

「傘は?」

「フロントで借りる」

礼那はなかなか風呂に入らない。布の袋のなかをごそごそ探ったり、テレビをつけて、すぐに消したりしている。

「怒ってるの？」

そして、ふいに顔をのぞき込まれた。

「べつに」

こたえて地図をたたむ。怒っているつもりはなかったが、知らない人たちと食事をするのは気がすすまなかった。礼那がベッドにのぼってくる。

「怒っちゃだめ」

と言いながら、うしろから逸佳を羽交い締めにした。すんなりとまっすぐな、子供っぽく細い手足で。逸佳は礼那ごと仰向けに倒れようとしたが、背を反らすとベッドからずり落ちてしまった。きゃあきゃあ騒ぐ礼那もろとも尻もちをつく。そのまま礼那の肩にもたれて、逸佳は天井を見つめた。

身体が冷えていたので、お風呂に入ったのはとてもいい考えだった、と、バスタブにつかり、お香じみた匂いの石鹸（せっけん）で腕や脚を洗いながら、礼那は思った。バスルームは広くて清潔で快適だ。ただ、部屋に一人きりなのだと思うと不安でもあった。散歩に行った従姉が、早く帰ってきてくれるといいなと思う。朝から何もたべていないのでものすごくお腹がすいていて、でも、これからレストランに行く（リビーたちと約束した店の名前は〝ファイヴバーガーズ〟で、だからたぶんハンバーガーをたべる）ことがわかっているので、お腹がすいていることもうれしかった。それにクジラ！　クジラを見られるなんて〝すごいこと〟だ。大きくて、力強くて、かわいい顔をしていて、正直、というのが礼那の考えるクジラだ。正直については、どうしてそう思うのか自分でもわからなかったが、なんとなくそんな気がするのだ。すくなくとも、クジラは嘘をついたりしないはずだ。クジラについて、礼那が知っていることは他にもある。餌を水ごとのみこむというのがその一つで、嚙まずに水ごとのみこむから、ピノキオも無傷で助かったのだ。

風呂からあがり、身仕度をしてテレビを観ていると、いつかちゃんが散歩から帰ってきた。

「雨、あがったよ」

と言い、

「目の前の公園、すごく広い。あした晴れたら歩いてみよう」

と言い、

「スーパーがあったから水を買ってきた。れーなの好きなリースチョコレートも」

と言った。機嫌がよくなったようだ。雨があがったせいかもしれないし、歩いて気分が変ったせいかもしれないが、いずれにしてもほっとして、

「ねえ、ねえ、いつかちゃん。クジラが病気になったら、獣医さんはどうやって治療す

ると思う？　船で沖まで往診に行くのかな。それとも捕獲して、病院に連れて帰るのかな」

と、風呂のなかで考えていたことを礼那は口にだしてみる。

「海で治療は無理じゃない？　でも、連れて帰っても病院には入りきれないんじゃないかな」

いつかちゃんはこたえにならないことをこたえ、

「もう仕度できてる？」

と訊いた。

「うん。できてる。でもさ、じゃあどうするのかな、獣医さんはクジラが病気になったり怪我をしたりしたら」

「知らない」

いつかちゃんはそっけなく言い、トイレに入ってしまったが、でてくると、

「れーな、獣医はやめたんじゃなかったの？」

と訊いた。

「やめたよ。やめたけど、ちょっと気になったの」

小さかったころ、礼那は獣医になりたいと思っていた。動物が好きだからで、動物たちの怪我や病気を治せたらうれしいからだったが、治せない場合もあるはずだというこ

とに、あるときふいに気づいた。治せなくて、その動物が死んでしまうところを見るなんて、絶対にいやだった。それでいまは、牧場主か図書館の司書になりたいと思っている。

「行くよ」

いつかちゃんが言った。

「お腹すいたし、あの人たちとの夕食を、さっさとすませてこよう」

と。

店は、ホテルから歩いて十五分くらいの場所にあり、途中で道に迷ったりしないよう、いつかちゃんが、さっきの散歩のついでに下見をしてくれていた。

「夜だね！」

礼那はついまた口にだす。もう夜なのは知っていたし、いつかちゃんも知っているに決っているのに。雨は確かにあがっていたが、空気はまだひんやりと湿っている。公園ぞいに歩いたので、濡れた木々と土の匂いが濃く鼻と口に入ってきた。ならんでいる街灯の、まんまるくて白い光。

約束の七時よりすこし早く着いたのに、リビーたちはすでに来ていて、そればかりか、もう料理を前にしていた。三人とも、フライドポテトの添えられたハンバーガーとコーラだ。

「ヘイ」

礼那に気づいたマークが片手をあげて声をだした。店は混んでいて賑やかで、肉の焼ける匂いが充満している。

「いつかちゃん、れーな倒れそうだよ、お腹がすいて」

従姉に囁き、新しい友人たちのいるテーブルに向う。四人掛けのボックス席だったが、リビーがつめてくれたので、そこに二人でならんで坐った。向い側がファーガスとマークだ。礼那は三人にいつかちゃんを、いつかちゃんに三人を改めて紹介する。紹介といっても、名前しか知らなかったけれども。


ハンバーガーはおいしかった。ガイドブックに〝ボストン名物〟として推奨されていたクラムチャウダーは、逸佳には塩辛すぎたが。はるばるオクラホマから来たという三人組は、ファーガスとマークが大学生で十九歳、リビーが生協勤め（本人いわく、「勉強が好きではないから」大学には行かなかったそうだ）の二十一歳で、その年齢にしては呆れるほどばかっぽいことを——たべている途中で奇声を発したり、互いに肘で相手をつつき合ったり、誰かの皿のポテトを（自分のもまだ残っているのに）かすめとったり——したけれど、基本的には悪い子たちではなさそうだった。去年の夏にもここにクジラを見に来たとかで、そのホエールウォッチング船のことも詳しく教えてくれた。とくにリビーの弟のマークの説明は親切すぎるほどで、船の上は寒いから上着が要るとか、波が荒れることもあるから酔い止めの薬をのんだ方がいいとか、あまり英語のできない逸佳のために、身ぶり手ぶりを交えて忠告してくれた。乗り場がどこにあるかも地図にしるしをつけてもらったので、逸佳としてはもう彼らに用はなく、早くホテルに帰りたかった。でも、礼那がいまファーガスの質問攻撃に遭っている。なぜそんなに英語ができるのか、ハンバーガーを日本語では何というのか、いつまでアメリカにいるのか、きょうはどこを見たのか――。

「たべないの？」

突然リビーに訊かれた。逸佳の皿には、ハンバーガーが四分の一ほど残っている。

「もうお腹いっぱい」

手を胃にあてるゼスチャーつきでこたえたが、リビーは納得せず、あと一口だからがんばってたべてしまえ、というようなことを（たぶん）言い、さらに、幾つか講釈をつけ加えた。ここの素材はすべてオーガニックなのだとか、チェーン店とは違って、地産地消を目指す店なのだとか。それはわかったけれどもうたべられない、と言いたかったのだが、リビーに期待のこもったまなざしで見つめられるとそうも言えず、いったん置いたフォークとナイフを逸佳はまた手にとった。こういうところが自分は優柔不断でだめなのだと考える。

「グーッド」

リビーがうれしそうな声をだす。

「グーッド」

マークも言い、ファーガスも言い、にこにこしながら礼那まで言った。見ると、礼那の皿にもハンバーガーが残っていたが、子供だと思っているからか、三人とも、それについては何も言わないのだった。

翌日、船着き場で再会した三人は、雪山にでも登るみたいな厚着をしていた。晴れて暖かい秋の日で、ウォーターフロントをそぞろ歩く人々のなかには、半袖のTシャツ姿の人もいるというのに。逸佳はコートを、礼那はダウンジャケットを着ていたが、リビーもマークもファーガスも、口を揃えて――身ぶりをも交えて――それでは凍えると言う。見回すと、他の乗客もかなりの重装備だった。仕方なく、売店に売っていた、逸佳としては〝ノー〟な外見のベンチコート（胸にクジラの縫い取りワッペンつき）を二人分買う。

「これも買った方がいいんじゃないかな」

礼那が指さしたのは双眼鏡で、けれどそれはマークが、必要ないし、遠くが見たいときには自分のを貸すと言ってくれたので買わなかった。

「いつかちゃん、来て。海の匂いがするよ」

日ざしのまぶしい遊歩道を、子供たちが走り回っている。乗客は家族連れと、老人のグループが多いようだ。

「青いねえ、海」

礼那がうっとりと言う。水面(みなも)は確かに青く、穏やかで、ちらちらと一面に光を反射させていた。

「クジラ、いるかな」

呟いた礼那の横顔は、ほっぺたがふっくらと白い。逸佳はたちまち胸が痛んだ。もしクジラが見られなかったら、礼那はどんなにがっかりするだろう。逸佳は礼那にがっかりしてほしくなかった。誰かががっかりするという事態が、昔から嫌いなのだ。胸が痛む。そして、自分のように〝望み〟というものがなければ、がっかりすることもないのにと思う。

マークによれば、船が運航されるのは十一月までらしい。夏のあいだはほぼ確実に何らかの種類のクジラが見られるが、冬が近づくにつれて、その確率は下がる。もし見られなかった場合、四十五ドルだして買った乗船チケットは、べつな日にまた乗れるチケットと換えてもらえるそうだった。

乗船から下船まで、クルーズは四時間かかった。客室は暖房がきいていたが、沖にでると、晴れていることが嘘のようにデッキは寒くて、ベンチコートが役に立った。ただし、それを着た逸佳は従妹にもリビーたち三人にも大笑いされることになった。売店には子供用と大人用の二種類しかなく、子供用は礼那にぴったりのサイズだったが、男女兼用のその大人用は逸佳には大きすぎて、子供が大人の服を着ているようにしか見えなかったからだ。マークにカメラを向けられると、礼那は逸佳に身を寄せてピースサインをだしたが、逸佳はただ立っていた。硬い表情になっているであろうことがわかっていたが、どうしようもなかった。

空にも海面にもカモメがたくさんいる。船はスピードをあげて進んでおり、強いつめたい風が礼那の髪をなびかせていた。寒すぎるので、乗客の大半は、ビューポイントに着くまで客室にひっこんでいることにしたようだった。

「大学では何を専攻してるの？」

マークに訊かれ、逸佳は一瞬返答に詰まる。

「歴史」

と、中学時代に好きだった課目をこたえた。

「どこの？」

さらに訊かれたので、ヨーロッパ、と適当にこたえ、それ以上何か質問される前に、

「あなたは？」

と訊き返した。経済という返事だった。経済――。どんなことを勉強するのか、逸佳には見当がつかず、だから次の質問は思いつけなかった。会話が途切れる。船の切り裂いた水が白く泡立つのを、ぼんやり眺める。

「ボーイフレンドはいるの？」

尋ねられ、逸佳の頭のなかに、咄嗟に〝ノー〟が響いた。ボーイフレンドがいないという意味ではなく――いないことも事実だが――、そういう話題自体が、逸佳には〝ノー〟なのだった。それで二重の意味を込めてノーとこたえ、

「必要ないの」

とつけ足した。募集中だという誤解をされないために。マークはちょっと驚いた顔をしたが、

「必要ないの？」

と訊き返したあとで、ゆっくりと笑顔になった。

「それはいいね、必要ないなんて。すごくいいと思うよ」

「いつかちゃん、見て！」

うしろで礼那が声をあげ、ふり向くと、トビウオが音もなく水にとび込んだところだった。

「ほらまた！　あっちにも！」

礼那は目を輝かせる。親切なマークに悪いとは思ったが、逸佳は会話から逃れられてほっとした。すこし離れた場所ではリビーとファーガスが、身体を前後に密着させて海面を見ている。

そろそろクジラの見られるビューポイントだというアナウンスがあって、乗客がぞろぞろとデッキにあがってきた。逸佳はにわかに緊張する。クジラが見られる（かもしれない）からではなく、がっかりした礼那をなぐさめなくてはならない（かもしれない）からで、でもそれは、結局のところ杞憂だった。

クジラは出現した。乗客の多くが期待していたらしいザトウクジラではなく、フィンバックホエールと呼ばれる種類のものだったが、出現したことはしたし、それも、結構間近で見ることができた。けれど礼那を熱狂させたのはそのクジラではなくイルカで、イルカたちは群れをなして、船にぶつかるのではないかと心配になるほど近くを、ときどき高く跳んだり身をくねらせたりしながら、気持ちよさそうに通りすぎて行った。愛敬のある顔と、思わず触ってみたくなるような、つやつやしてつめたそうな皮膚、シンプルで無駄のない体型。寒さを忘れ、逸佳もつい見惚れたが、礼那のひき込まれようといったらなかった。いつものように、「いつかちゃん、見て！」と言ったのは最初だけで、その先は言葉もなく、全身で海面を見ていた。イルカたちの全部を。

「れーな」

名前を呼び、腕をつかんだ。こわかったのだ。礼那がいまにも海に吸い込まれてしまいそうで。丈の長いコートを着て帽子をかぶった礼那の全身が、真昼の日ざしに縁取られていた。

船が港に帰り着くころには、礼那はいつもの礼那に戻っていた。「かわいかったね」を十回くらいくり返し、「親子みたいなのもいたね、ずっとくっついて泳いでた」とか、「何度もジャンプしたやつがいたね。どういうときにジャンプしようと思うのかな」とか、たのしそうに喋った。それでも、ついさっき感じた恐怖——礼那が海に吸い込まれ、ふいにいなくなってしまう——は、逸佳の胸にも指先にも、はっきりと残っている。

リビー、マーク、ファーガスの三人組とは、連絡先を交換して別れた。オクラホマに来ることがあったらぜひ寄ってほしいと言われて、東京に来ることがあったらぜひ寄ってほしいと返答して。

「次はどうしたい？」

いつかちゃんが訊く。ボストンコモン——ホテルの前の公園は、そういう名前だった——のなかを散歩して、ベンチに腰をおろしたところだ。目の前の池の水は濁った緑色で、ほとりには、カエルの銅像が鎮座している。

「いつかちゃんは？」

もう十月なのに、ずぼんの裾をまくりあげて、その浅い池に入って遊んでいる子供がいる。そばには母親らしい女の人もいて、犬のリードのようなものを息子の腰につけ、反対の端を手にまきつけていた。子供は玩具のバケツとジョウロを持っている。礼那は弟の譲を思いだした。池のなかの子は譲より幼かったけれども。

「私はいいの、何をしてもしなくても」

　いつかちゃんが言う。

「だってほら、何もしなくても、旅はしているわけだから」

　それはそうだと礼那も思う。それはそうだ。

「空、高いね」

　上を向いて言った。いつかちゃんがきのう報告してくれたとおり、この公園は「すごく広い」。木もみんなすごく大きくて、幹にはさわれるけれど、葉っぱにはとてもさわれない（その葉っぱは、どれも赤や黄色に染まっている）。

　船を降りたあと、遅いお昼ごはんとして、屋台で肉まんを買ってたべた。売っていたのは中国人ではなく南米人だったし、いつかちゃんはあまりおいしそうに見えないと言ったけれど、お腹がすいていたし寒かったので、礼那にはとてもおいしかった（し、いつかちゃんも、たべたあとでおいしいと認めた）。その肉まんの匂いが、こうしてベンチに坐っていても、まだ礼那にまとわりついている。

「この街で他にれーなが好きそうなものはね」

いつかちゃんは言い、ガイドブックをだしてひらいた。

「クインシーマーケット、水族館、チルドレンズミュージアム」

早起きをしたせいか、日ざしが暖かいせいか、礼那は眠たくなる。腕時計――去年の誕生日に買ってもらった、ベルトが迷彩柄のやつで、いつかちゃんがブルーを好きなように、礼那は迷彩柄が好きなので気に入っている――を見ると、午後四時になるところだった。

「いいよ」

従姉の肩にもたれて礼那はこたえる。

「いいよ。れーなはどこにでも行くよ」

そして、こんなにあかるいのにと思った。こんなにあかるくて、そこらじゅうに日ざしがまぶしいほど散らばっているのに、これが夕方の光で、真昼の光とは全然ちがうと(時計を見なくても)わかるのはどうしてだろうと。

「れーな、寝ちゃだめだよ。風邪ひくよ」

いつかちゃんの声がする。

「れーなってば」

でもそのあとですぐ、礼那は大きなコートで覆われるのを感じた。午前中に船着き場で買ったやつで、陸地に戻って脱いだあとは、「じゃまっけ」だとぼやきながら、二人とも腕にかけて持っていた。いつかちゃんの買った大人用のそれはまるで布団で、礼那はついそのままベンチに横になりたくなってしまう。

娘たちがいなくなってから五日後の月曜日、木坂理生那は家に一人きりでいる。二人がいまにも帰ってくるかもしれないし、電話をかけてくるかもしれないので、家を離れることができないのだ。ほんとうは教会に行きたかった。理生那がいちばん自分らしくいられる場所は教会なのだし、そこで得られる精神の平穏を、自分はいまこそ必要としているのだから。

理生那はキリスト教徒ではない。岡山の実家には仏壇があるし、お盆に先祖をお迎えするための、野菜の動物を作った思い出もある。そして、それでも理生那はこの数年、聖書を読み、ミサに出席し、それ以上に大切なことだが、時間を見つけては一人で教会にでかけ、坐っている。一度につき、十分か十五分。罪の浄化とか、啓示を求めてとか、そういう大袈裟（おおげさ）なことではない。ただ、そうしていると、基本の自分に戻れる気がするのだ。人一人の一生など一瞬にすぎない、ということがすっきりと理解できて、安心な気持ちになる。夫には反対されるだろう——理生那がミサに出席することにも、教会の奉仕活動に参加することにも潤はいい顔をしないし、キリスト教という宗教が、これまでにどれだけの戦争をひき起こしてきたか、いまもひき起こし続けているか、わかっているのかと彼は言う――が、洗礼を受けるという選択肢について、理生那はときどき真剣に考える。それは誰かの妻としてでも母としてでもなく、娘としてでも妹としてでもない、全くの個人としての選択であり意思表示だ。全くの個人。理生那は教会にいるときにだけ、自分がそれであると感じられる。

午後二時。先週の水曜日以来、気がつくとそうしているように、理生那は娘の部屋に立っている。二階の廊下のいちばん手前、南向きのあかるい小部屋で、ペールグリーンのカーペットは、娘が自分で選んだものだ（ベージュと緑のギンガムチェックのカーテンは、それに合せて理生那が縫った）。散らかし屋の譲の部屋とは対照的に、礼那の部屋はいつもきれいに片づいている。ベッド、勉強机、チェスト、本棚。それでも、いかにも十四歳の少女の部屋らしく、チェストの上には雑多なもの――ＣＤプレイヤー、鏡、安物のアクセサリー、ガラスの靴の置物、木製の赤いりんごの置物、未使用の石鹼、リップクリーム、友達からもらったバースデイカード三通――が陳列され、床に置かれたバスケットには、幾つものぬいぐるみが詰め込まれている。

大丈夫。理生那は自分に言い聞かせる。礼那が大切にしているもの、気に入っているものが、ここにはすっかり残されているのだから大丈夫。すぐにも帰ってくるはずだ。置き手紙にもはっきり書かれていたように、あの子と逸佳は家出をしたわけじゃなく、ちょっと旅にでてみただけなのだから。

いまにもドアがあくかもしれない（礼那には鍵を持たせていないが、逸佳には持たせている）。二人の姿を見たくて、理生那は窓辺に寄って下を見おろす。ポーチの屋根に遮られて玄関ドアそのものは見えないが、それでも理生那にはありありと想像することができた。背の高い逸佳と低い礼那、髪の短い逸佳と長い礼那、逸佳の濃紺のマッキントッシュコート、礼那の茶色いダウンジャケットと紫色のリュックサック。たぶん、礼那が先に、家のなかに駆け込んでくるだろう。ただいまー。語尾をのばして、声を張りあげる。ママー、いないのォ？　そう続けるかもしれない。もし理生那がここに立ちつくし、安堵のあまり、すぐに動けなかったとしたら。

窓の外は晴れていて静かだ。街路樹の黄葉は静止していて、風もないことがわかる。向いの家の庭の、枯れた芝生でスプリンクラーが回っている。

礼那の学校の担任には、先週、病欠の電話をかけたきりだ。いつまでも嘘をついているわけにはいかないし、これ以上休めば、熱心で親切なシュナイダー先生は心配するだろう。留学生の逸佳は、さらに厄介なことになるはずだ。学校に行かなければ、学生ビザを取り消されてしまうのだから。

理生那は窓辺を離れる。ベッドの上の、羊のぬいぐるみを見つめる。火曜日の夜に礼那と眠った羊なのだろう。生真面目で律儀で、おそらく年齢よりもすこし幼いところのある礼那は、バスケットのなかのぬいぐるみを、毎晩一つずつベッドに入れて寝ているのだ。不公平にならないように順番に、礼那にしかわからない方法で選んで——。

十月十二日、月曜日、午後二時、曇り、と、疾走する列車のなかで、礼那はノートに書きつけた。アムトラック、一駅ごとに車掌さんがまわってきて、次の駅の名前と、何分後に到着するか、どっちのドアがあくかを、大きな声で言ってくれるのが親切（マイクはなし）。隣で、いつかちゃんはイヤフォンをして音楽を聴いている。車内は静か。窓の外は寒そうにくすんだ色合いで、木立ち木立ち木立ち、道路、車、道路、木立ち木立ち木立ち、道路道路道路、ときどき家。ななめうしろの席の男の人（三十歳くらい？）、すごく立派な身体つきで（半そでのTシャツ、腕に小さめのタトゥー）、ピンクと水色のまだらになった毛糸で、ずっと編物をしている。

そう書いてシャープペンシルの芯をひっこめ、礼那はノートを閉じる。シャーペンとノートを両方布の袋にしまって、かわりに水をとりだしてのむ。今朝ホテルの冷蔵庫から持ってでたその水は、もう生ぬるくなってしまっていた。礼那はしまったばかりのシャーペンとノートをもう一度とりだし、水、生ぬるい。と書き足した。列車は、あと一時間でポートランドに着く。

ボストンはたのしかった。クジラもイルカも見られたし、チルドレンズミュージアムにも、普通の美術館にも行った。クインシーマーケットには氷でできた店があって、そこでコーラをのんだ（その店は室温がマイナス六度に保たれていて、だからあのベンチコートがまた役に立った！）。そして、朝も昼も夜も街を歩いた。いつかちゃんがこんなに歩き好きだということを、旅にでるまで礼那は知らずにいた。

「トイレ行ってくる」

いつかちゃんが言い、立ちあがった。

「行ってらっしゃい」

礼那はこたえて見送ったが、すぐに、自分もトイレに行きたいような気がした。それも、結構急いで行きたい気が。でも荷物があるので、従姉が戻ってくるまで席を離れられない。


逸佳がトイレから戻ると、礼那がいなくなっていた。消えた、というのが、空っぽの座席を目にした逸佳が感じたことで、大袈裟ではなく血の気が引いて、一瞬思考が停止した。それは悪人に誘拐されたとか、どこかに行った――たとえば家に帰った――とか、あとから説明のつくいなくなり方ではなく、ほんとうに忽然と消えた、としか言いようのない、超自然的ないなくなり方であるように逸佳には思えたし、空っぽの座席は、信じられない光景であると同時に、理屈に合わない既視感――知っていた、というような、知っていて、だから恐れていたのだ、というような——を伴ってもいた。

誰かに背中をつつかれ、ふり向くと、やけにガタイのいい白人男性が、編み針を手に、座席からこちらに身をのりだしていた。

「彼女はバスルームに行ったよ」

と言う。さらに何か言ったが聞き取れず、訊き返すと、

「きみたちの荷物」

と、男はゆっくり発音した。

「荷物は安全だったよ」

と。

「……サンキュー」

逸佳はこたえる。すでに編物に戻っている男の手元に目を奪われながら。そして、それはそうだ、と思った。人は超自然的に〝消え〟たりしないし、礼那はもちろんトイレに行っているのだ。走行中の列車のなかで、他に一体どこへ行かれるというのか。男はものすごいスピードで編み針を動かし続けている。安価な子供服みたいな色合い——あかるい水色とピンク——の、大きな丸いものができあがりつつあった。かぎ針を持った右手ではなく、糸をあやつる左手の方に、より目を惹きつけられた。上手ね、と言いたかったが、それを英語でどう言えばいいかわからず、逸佳が再び自分の座席に腰をおろ

すと、すぐに礼那が戻ってきた。編物男と二言三言言葉を交わし、

「荷物を見ててもらったから」

と逸佳に説明する。

「知らない人を安易に信用しちゃだめじゃん」

逸佳は言ったが、編物男はなんとなくいいやつに見えたし、だから放っておかれた荷物についても、心配ないことがほんとうはわかっていた。

「ごめんなさい」

礼那は素直に謝り、逸佳の隣にすとんと坐る。

「上手ねって言って」

「何？」

「あの人に、上手ねって」

礼那は不思議そうな顔をしたが、上体をねじってうしろを向き、通訳してくれた（男の編んでいるものを指さし、ヴェリナイス、と言うことをもし通訳と呼べれば）。男は顔を上げ、

「サンキュー」

とこたえたが、声も顔も無表情だった。

ニューヨークやボストンに比べると、ポートランドの駅は驚くほど小さかった。小さくて、さっぱりしている。プラットフォームが戸外なのもよかった。曇り空だが薄日はさしていて、これまで以上に未知の場所だと逸佳は感じる。空気に新しい匂いがする。

「ステイト・オ・メイン！」

礼那が両手を高くあげて叫んだ。

「それってね、『ホテル・ニューハンプシャー』にでてくる熊の名前なの。熊の名前が〝メイン州〟だなんてイカしてるよね」

逸佳はその小説を読んだことがない。小説というものに、そもそもあまり興味がないのだ（不登校で家にばかりいた時期に、父親の本棚でたまたま見つけて読んだ、倉田（くらた）百三（ひゃくぞう）の『出家とその弟子』だけはべつだけれど）。

駅舎をでると、がらんとしていた。コンクリート舗装された広場の中央に、土と木でできた小さな丸い空間があり、その空間のまんなかに、レンタカー屋の大きな看板が立っている。

「どうして人がひとりもいない？」

訊かれても、逸佳にはわからなかった。風がやわらかい。

「ともかく市バスを見つけよう」

ダウンタウンまで市バスで三十分だと、ガイドブックには書いてあった。

駅舎のなかに戻り、案内所の係員に尋ねると、市バスの乗り場はすぐにわかった。三十分近く待って、ようやく来たバスに乗り込む。

「お腹すいたね」

二人掛けの座席にならんで坐ると礼那が言った。

「旅ってお腹がすくね」

と。

「夜ごはんまでがまんして。まだ四時前でしょ」

案内所でもらった地図をひろげながら逸佳はこたえたが、そういえば、きょうは朝起きてからこれまでに、列車に乗る前に駅の売店で買ったぱさぱさのサンドイッチ（しかも二人で半分ずつ）しかたべていない。旅先であるとないとにかかわらず、たべることに逸佳はあまり熱心ではないのだが、そういう自分のペースで食事をしてしまっていることは、考えてみれば従妹に気の毒な気がした。

「何がたべたい？」

それでそう訊いてみたのだが、礼那の返事はまたしてもパンケーキで、それは、逸佳としては、あまり惹かれない選択肢だった。

ダウンタウンに近づくにつれ、窓の外はすこしずつ賑やかになっていったし、人の姿も多くなったが、それでもひっそりした街だった。有色人種がすくないことに逸佳は気づく。高い建物も車の数もすくなく、目につくのは小さな商店ばかりで、その商店も、どことなく侘しくて古めかしい。街も静かなら、バスのなかも静かだ。乗客は、逸佳たちを含めて五人しかいない。

「観光客とかいないのかな」

問われても、逸佳にはこたえようがない。

「あ、犬」

礼那は窓に顔を寄せ、老婦人が革紐（かわひも）につないで歩かせている、トイプードルを指さした。

なんとなくこのへん、という勘を頼りに、終点のすこし手前でバスを降りた。道幅の広い坂の途中、営業している商店の多そうに見えた場所で。

「たぶん、いま私たちはここにいるんだと思う」

地図を指さして言った。

「ということは、あっちに歩くと港で、港のそばにはホテルが幾つもあるはずなの」

「ステイト・オ・メイン！」

礼那はまた叫び、それはどうやら〝了解〟という意味らしかった。

地図上の現在地に関しては間違っているかもしれなかったが、それでも不安は感じなかった。泳ぐためのビーチとはあきらかに違う、船の停泊する海特有の匂いがかすかにだがするからで、港の近くにいるのは確かだと思えた。

「なんか、遠くに来た気持ちがするね」

跳ねるように歩きながら、礼那が言う。

ホテルは、けれど港に着く前に見つかった。そっけない外観の小さなホテルで、ボストンで泊ったホテルの半額以下の値段だったが、あてがわれた部屋は十分に清潔で、バスタブとシャワーのお湯も、問題なくでた。

「ついたー」

礼那がベッドにお尻を弾ませて言う。

「あしたかあさって、メインビーチズに行かれる?」

とも。

「もちろん」

逸佳はこたえた。それがどこにあるのか知らなかったが、

「だって、行かれないはずがないでしょう?」

と、もう何度も言ったことをもう一度言う(必ずしもそうではないことが、のちに判明するのだったが)。

「チーク!」

嬉しそうに礼那は言い、頬に頬をつける挨拶を寄越した。そして、

「『ホテル・ニューハンプシャー』にでてくるパパとママはね、メイン州の海辺で出会うんだよ」

と説明する。

「出会うっていうか、二人はもともと知り合いなんだけど、ある夏に、そこでほんとうに出会うの」

逸佳には、意味がわからなかった。ほんとうに出会う?

「わかった」

でもとりあえず、そう言った。

「わかった。私たちはそこに行く。でもその前に、おもてにでてこの街を見なきゃ」

この街を見て、従妹に何かおいしいものをたべさせなきゃ。逸佳は思い、リュックから不要なものをだして軽くした。

小さいころ、二人でいると、礼那はしょっちゅういつかちゃんの妹に間違えられた。

「妹さん?」

誰かにそう訊かれるたびに、いつかちゃんは、

「従妹です」

と訂正し、それを聞くたびに、礼那には何かがひっかかった。妹になりたかったわけ

では全然ない。全然ないが、「妹さん？」という質問と「従妹です」という返答には、〝妹〟の方が上だという空気がそこはかとなくあって、礼那にはそれが不本意だったのだ。礼那といつかちゃんに関して言えば、〝妹〟というのは昔もいまも、どちらにも一度も、どこにも存在したためしのないモノで、それなのにそれ以下扱いされるのは納得がいかなかった。

いまはどう見えるのだろう。姉妹？　友達同士？　それとも、ちゃんといとこ同士に見えるだろうか。だいぶ暗くなってきた街をならんで歩きながら、礼那はそんなことを考えている。

「レンガの建物ばっかりだね」

いつかちゃんが言い、礼那もうなずいて、

「かわいらしい街なみだね」

とこたえた。レンガの建物は、どれも一階部分が店舗になっていて、大きなガラス窓ごしに、きらきらしいあかりを道にこぼしている。歩道のところどころに裸の木が植えられていて、どの木にも電飾がつけられ、またたいていた。

「葉っぱはどこに行っちゃったんだろうね」

昼間、列車から見た木々は見事に黄葉（もしくは紅葉）していた。赤や黄色に染まる葉っぱがニューイングランドの秋の名物であることを礼那は知っている。

靴屋、薬屋、キャンディストア、子供服屋、眼鏡屋、紳士服屋——。ウインドウをのぞきながら歩いた。ところどころにレストランもあり、おもてにメニューがでていると、いつかちゃんは立ちどまって目を凝らす。そして「次」と言ってまた歩き始める。オールドポート、と呼ばれる地域に二人はいる。そこにお店が集中しているのだと、ホテルのフロント係の女性——胸につけた名札にアイリーンと書いてあった——が教えてくれたからだ。

ダウンを着ているので寒くはないが、お腹がすいていたので、

「まだ？」

と訊いてみた。レストランを、もう幾つも通りすぎてしまった。

「だって、パンケーキのある店がない」

いつかちゃんが言い、礼那はびっくりしてしまう。

「パンケーキ？　もう夜だし、無理だよ」

確かに、夕方礼那はそれがたべたいと言った。でも、あれは、おやつとしてという意味であって、ごはんとしてではなかった。

「そうかな」

「そうだよ」

絶対、と礼那はつけ足す。

「なんだ」

いつかちゃんは笑い、

「じゃあ、ここにしよう」

とあっさり言った。ちょうど、小さなレストランの前にいた。おもてにメニューはでていなかったが、窓に直接貼り紙がしてあって、オイスターズ5ドル99セントとか、ロブスターミート17ドル95セントとか、手書きの文字で書かれている。

「うそっ」

いつかちゃんが頓狂な声をだした。

「何?」

見ると、壁に直接とりつけられた大きな金属製の看板が、〝STORE HOURS MON-SAT 8:30-17:30〟と宣言していた。

「五時半までって随分早いね」

礼那の――ベルトが迷彩柄の、気に入りの――腕時計は五時二十七分をさしている。

「だめじゃん」

いつかちゃんが言ったとき、店のドアがあき、中年なのか、もっと若いのかわからない女の人がでてきた。太っているという感じではないが大柄で、礼那がこれまでに見た誰よりもほっぺたが赤い。

「食事したいの？」

尋ねられ、イエスとこたえると、女の人は腕全体を使って、素早く一度手招きした。

礼那が驚いたのは暗さだった。店のなかがものすごく暗く、窓の外の夕暮れの方が、まだあかるく見える。

「停電？」

日本語で茶化したが、隅に一つだけあるフロアランプは点いているので、電気はちゃんと来ていることがわかる。小さな店だ。二人掛けのテーブルが二つと、四人掛けのテーブルが二つしかない。女の人は、窓際の二人掛けテーブルに置かれたろうそくに火を灯した。他に客の姿がないばかりか、料理の匂いもせず、生のシーフードの、海藻っぽい匂いがするだけだった。

「大丈夫かな」

いつかちゃんも不安になったらしく、椅子に坐りながら言う。

「もう閉店だからこんなに暗いの？」

礼那は、水を運んできた女の人に訊いた。

「いいえ」

女の人はにこりともせずに短くこたえ（短すぎて、〝ノー〟というより〝ナ〟と聞こ

えたほどだ)、

「暗くしているのは、その方がロマンティックだからよ」

と、やはりにこりともせずに説明した。ロマンティック――。あちこちに木箱やプラスティックケースや段ボール箱が積まれ、その上にスーパーマーケットのビニール袋まで、幾つも置かれている店内は雑然としていて魚くさく、礼那には、ロマンティックからは程遠く見える。

「メニューありますか?」

いつかちゃんが訊くと、女の人は壁の黒板を指さした。そこに書かれた料理名(というか、素材となる魚介類の名前)は全部で六つあり、でも、そのうちの三つは品切れだそうで、いつかちゃんと相談した結果、二人ともサーモンをもらうことにした。それと、〝きょうのスープ〟を。

「ビーチに行ったあと」

いつかちゃんが言った。

「すぐ隣だからニューハンプシャー州を見て、それから一気に西部に行ってみるのはどう?」

「もちろんいいよ」

即答したが、西部というのがどこをさすのか、はっきりとはわからなかった。

「グレイハウンドをいっぱい乗り継ぐことになるけど」

　いつかちゃんは言う。

「砂漠とかサボテンとかのある、荒涼とした場所に行ってみたくない？　都市っぽくない場所に」

と。

「いいよ。じゃあ、そうしよう」

　全然構わなかった。行き先は、どこであってもおなじことだ。スープが運ばれてきた。礼那が怯(ひる)んだのは、それが暗い黄土色だったからだ。黄土色のスープなんて、のんだことがない。いつかちゃんが先に一口のみ、目をまるく見ひらいた。

「れーな、これ、ものすごくおいしい」

と言う。礼那もスプーンを手にとり、おそるおそる口に運んだ。そして、従姉とおなじように、驚きに目を瞠(みは)った。

「これ、何のスープですか？」

　女の人に尋ねると、

「魚」

　という返事だった。

「ステイト・オ・メイン！」

歓喜の言葉が思わず口をついてでる。それがスープへの賛辞だとわかったようで、女の人は満足そうにうなずいた。

彼女の名前がエレナで、三十四歳のシングルマザーだということを、礼那はのちに知ることになる。母親と二人で店を切り盛りしていることも、かつて歌手を目指していたとかで、歌がとても上手いことも。けれど今夜の礼那はただ料理に感激し（サーモンソテーも、身がふっくらしていておいしかった）、ホテルに帰る道々、いつかちゃんと、あれは生涯ベストワンスープだったねと言い合い、あしたもまたここに来ようと決めただけだった。

翌朝、起きてすぐに逸佳は一人で散歩にでた。ＡＴＭで現金をおろす必要があったからだ。ゆうべのレストランはクレジットカードが使えず、アメリカはカード社会だと聞いていた逸佳は驚いたのだったが、値段の高い店ではなかったので、手持ちの現金で足りたことは足りた。とはいえ、現金は有限なのだった。

学費および生活費として両親が送金してくれている口座から、とりあえず三百ドルおろした。逸佳の予想では、両親は送金をやめないはずで、けれどそれも確かとはいえず、もしかするとそのうち、どこかでアルバイトを見つける必要があるかもしれない。ニューヨークで出会った留学生たちのなかには、アルバイトをしている人たちがすくなからずいた。学生ビザでの就労は禁止されているはずなのだが、気にしない雇い主がいるらしい。逸佳自身は、日本でもアメリカでも、アルバイトというものを一度もしたことがなかった。

いい天気の朝だ。まだ九時にもなっていないのに、街は活気に満ちている。きのう、ここにやってきたときよりも、ずっと人の数が多い。パン屋やカフェのみならず、靴屋や本屋といった普通の——つまり朝食と関係のない——店もすでに営業を開始している。ここはほんとうに港町で、港町というのはほんとうに朝が早いものらしい。

逸佳は本屋に寄って新しいガイドブックを買い（本屋の匂いは日本のそれとおなじだ。礼那のような読書家ではない逸佳でさえ、なつかしさと安心を感じる）、パン屋で礼那のためのペストリーと、二人分のコーヒーを買ってホテルに戻った。ペストリーは、あまり甘すぎなそうなものを選んだ。礼那は甘いものが好きだが、その嗜好を叔母が是としていないことを知っていたからだ。

二時間後、カーテンレールにもひきだしの把手にも、電気スタンドの笠にもハンガーにかけられた洗濯物がぶらさがった部屋のなかで、

「ない」

と逸佳はうめくように言った。

「信じられないけど、ほんとうにない」

列車とバスの時刻表、および二冊のガイドブックを苦労して読み込んだところだ。

「アムトラックで、オールド・オーチャード・ビーチには行かれる。あるいはサコには。でもその先は、車がないとどうしようもない」

礼那の行きたがっている〝メインビーチズ〟というのは、海ぞいの、ニューハンプシャー州に近いかなり広範な地域を指す呼称で、広範な地域なのに、在来線も路線バスも、逸佳に調べられた限り一本も通っていないのだった。

「そうなの？」

数すくない服をみんな洗ってしまったために、バスローブを着ている礼那が訊く。

「タクシーもないのかな」

逸佳にはわからなかった。

「フロントに行って訊いてくる」

それでそう言ったが、逸佳もまたおなじ理由でバスローブ姿だったので、服が乾くまで部屋をでられないのだった。

「しょうがないから葉書でも書こう」

逸佳は言い、本屋で買った絵葉書（風景写真のものは避け、犬のイラストがハローと言っていたり、猫のイラストがアイミスユーと言っていたりするものを選んだ）を一枚礼那に手渡す。

「元気だっていうことはときどき知らせてあげないとね」

逸佳の言葉に、礼那は神妙にうなずいた。


「ビーチ？」

化粧は濃いが、喋ると感じがいいフロント係の女性（名札によれば、名前はアイリーン）は、大袈裟に顔をしかめた。

「ビーチに行くの？　この時季に？」

あり得ない、という表情と口調だった。アイリーンによれば、ビーチは夏に行く場所だし、もちろんみんな車で行く。冬に行っても泳げないし、ホテルもレストランも、みんな閉まっている。

「でも、まだ冬ではないでしょう？」

逸佳が言うと――実際、いまのような晴れた昼間に外を歩けば、まだ半袖姿の人もいるのだ――、アイリーンは肩をすくめて、

「中間（ビトウィーン）ね」

とこたえた。中間――。

ビーチのみならず、ポートランドの街自体も夏仕様だということが、その午後すぐに

判明した。〝市内のおもな見どころを循環し、最後にポートランド灯台へ立ち寄る〟とガイドブックに書いてあったトロリーバスに乗ってみたところ、〝街を一望できる〟はずの展望台は十月の第二月曜日（きのうだ！）を最後に閉まっていてのぼれず、〝メイン州を代表する風景〟であるらしいポートランド灯台も、毎日なかに入れるのは夏のあいだだけで、十月のいまは土日しかあいていないとかで、外から眺めるしかなかった。ツアーの発着所であるコマーシャルストリートでバスを降りると、まだ四時すぎなのに日が翳って（かげ）いて薄暗く、船の油くさい海風はつめたかった。

「灯台までは晴れてたのにね」

斜めがけにした布の袋から毛糸の帽子をだしてかぶりながら礼那が言う。

「ちょっと寒いね」

と。道の片側は海で、何艘（なんそう）もの船が停泊しており、風に揺れてぎしぎしきしんでいる。インターナショナル・フェリー・ポートと表記された建物が見え、あそこに行って、最初に来た船に乗るのはどうだろうかと逸佳は思った。インターナショナルというからには外国へ行く船のはずで、でも、そうなると〝アメリカを見る〟旅ではなくなってしまう。

「メインビーチズには行かなくてもいいよ？」

語尾を上げて礼那が言った。

「ええと、だからつまり、もし無理なら」

「そんなのだめ。行くと決めたんだから行くの」

こたえたが、どうやってかはわからなかった。とりあえず列車で行けるところまで行って、そこから歩く？　ヒッチハイクする？　でも、ホテルもレストランも閉まっているような場所に、行って一体どうすればいいのだろう。

「ともかくまず夜ごはんをたべよう」

逸佳は提案した。朝も早く夜も早いこの街の、ちょうど夕食どきだった。

「クイズ！　この道をまっすぐ行くと、どこにでるでしょうか」

午前中に地図を頭に叩き込んだ逸佳は訊いた。

「全然わかんないよ。ホテル？」

「ぶぶぶー。オールドポートです」

オールドポートにはゆうべのレストランがある。今夜もそこで食事をすることに、ゆうべ、あの店をでてすぐに、二人の意見は一致していたのだった。

店はきょうも薄暗かったが、ドアははじめからあいていた。床が濡れていて、店の前に水たまりができていたことから、この店では箒（ほうき）とちりとりではなく水とブラシで、床を掃除することがわかった。

逸佳と礼那の姿を見ると、ゆうべの女の人は驚いた顔をした。それからやにわに笑顔

になって、両腕で空気を手前にひっかくような動作つきで、

「入って（カムイン）」

と言った。まるで、店ではなく自宅に人を招き入れるかのように。

正規の営業時間内だからか、きょうは、他にも客が二人いた。それぞれ一人で来ているおじいさんとおばさんで、どちらも二人掛けのテーブルについている。それで、逸佳と礼那は四人掛けの席に案内されたのだが、

「なんか、よく知ってる場所に帰ってきたみたいな気がするね」

と礼那が言い、まだ二度目なのだから〝よく知って〟はいない、と思いながらも、逸佳もおなじ気持ちがした。

ろうそくに火が灯る。

「で、あなたたちは戻ってきたわけね」

女の人が言った。なぜ「で」なのかわからなかったので黙っていると、

「この子たち、ゆうべも来たのよ」

と、他の二人の客に向って言う。

「だって、たべものがおいしかったから」

礼那が口をひらくと、女の人はまた笑顔になり、客のおばさんが低い声で何か言って、親指を立てた。

「年は幾つなんだい？」

おじいさんが礼那に訊き、礼那はあらかじめ決めてあった通り、自分が十四で逸佳が二十一だとこたえた。

「姉妹なの？」

今度はおばさんが訊く。やはり低い声だ。首に、派手な色合いでくしゃくしゃのスカーフを巻いている。

「いとこ同士です」

礼那はなぜだか胸を張った。

黒板に書かれたメニューは前日と全くおなじで、ただし前日と違って、品切れなのは〝ワンダフル・グリーン・サラダ〟とヒラメだけだということだった。二人とも前日とおなじものを注文しようとしたのだが、店の人とよその客二人が口を揃えてロブスターを試すべきだと主張したので、それをもらうことにした。もちろんスープ（〝きょうのスープ〟は、きょうも魚だった）のあとで。

肥満体のおじいさんもスカーフのおばさんも、すでに食事を終えているようだった。それなのに帰らないのは、さらなる質問をするつもりなのかもしれないと思い、そうでなくても自分たち二人が観察されているようで、逸佳は居心地が悪かった。

「れーな、あんた愛想よすぎ」

小声で言うと、従妹は困った顔をした。

ロブスターには溶かしバターがかかっていた。身に弾力がありすぎて、切るのがすこし難しい。

「ちがう」

ナ、と聞こえる発音でエレナは言い、礼那の手からナイフをとると、真赤に茹だった殻から身を、きれいにはずしてくれた。

「ありがとう」

礼を言い、大きめの一口を礼那は頰張る。

「おいしい？」

そう訊いたのはエレナの母親で料理担当のキャスで、その言葉は疑問形ではあったものの、うしろに〝でしょ〟がついている響きだった。口のなかがいっぱいなので、返事のかわりに礼那は笑顔でうなずいてみせる。厨房からでてきたキャスはエプロンをつけたまま、堂々といつかちゃんの隣に坐っている。エレナ同様大柄な女性で、でも色白のエレナとは違ってよく日に灼けており、肌がしわしわだった。金茶色の長い髪は、うしろで無造作に束ねられている。礼那の隣には、エレナの息子のマイケルが坐っていた。この少年はいま七歳で、毎晩ここの厨房で食事をし、宿題もするそうで、現にいまも計算ドリルのようなものをひらき、一問解くたびに礼那を肘でつついて、「見て」と言う。いつかちゃんは呆れ顔をしている。でも仕方なかったのだ。太ったおじいさんと痩せたおばさんにあれこれ質問され——日本人か中国人か、二人きりで旅をしているのか、なぜこの街に来たのか、これからどこに行くつもりか——、こたえないわけにはいかなかった。それをエレナがすっかり聞いていて、店に他の客がいなくなるとすぐ、奥からキャスを呼んでしまったのだし、キャスと一緒に少年もでてきてしまったのだから。

「金曜日よ」

テーブルの脇に立ったエレナが念を押すように言った。

「午前十一時」

と。

「はい」

礼那はこたえてにっこりしてみせる。いつかちゃんは不安そうな顔をしているが、異を唱えることはしなかった。金曜日まで待つ必要があるとはいえ、ビーチに行かれるのだ。幸運というのはこういうことを言うのではないだろうか。

「きのう、僕、ここできみたちを見たよ」

計算ドリルから顔をあげ、マイケルが言った。

「私はあなたを見なかったわ」

　礼那がこたえると、栗色の髪の、控え目に言ってもかなり太り気味のその少年はにやりとする。

「みんなそうだよ。みんなから僕は見えないけど、僕からはみんなが見えるんだ、ここにいると」

　すべてはあっというまに決ってしまったのだった。まずスープが運ばれ、次にキャスが呼ばれ、スープをのみ終ったときにはもう決っていた。エレナによれば、ビーチなんて車に乗れば「ここからすぐ」だし、車には「キャスのボーイフレンド」が乗せてくれる。なぜなら彼は毎週金曜日に「ヨークでビジネスがあって」でかけて行くからで、彼の車の「助手席も後部座席も空いている」のだから。キャスはその場でボーイフレンドに電話をかけた。きらきらした飾りがたくさんついた携帯電話を使って。

　ロブスターはおいしかったが、噛むのにあごの力が要った。それに、巨大だ。料理担当のキャスが目の前にいるので残すのは悪い気がしたが、もう入らないのでフォークを置いた。

「知らない人の車に乗って大丈夫かな」

　たぶんさっきからずっと考えていたのであろうことを、いつかちゃんが言葉にした。

「知らない人だけど、キャスのボーイフレンドだから大丈夫なんじゃない？」

「だけど、キャスも知らない人でしょ」

そうだけど、とこたえたときキャスが笑った。

「私について話してるのね」

会話の中身までわかられてしまったわけではないと知っていても、礼那は気が咎めた。

「ごちそうさまでした」

いつかちゃんが日本語で言う。

「お会計してください」

と、今度は英語で。

「もう満腹？」

ロブスターの残骸（いつかちゃんもかなり残していた）を見てキャスは言ったが、その疑問形も、うしろに〝でしょ〟がついている響きだった。

「サンドイッチにしてあげるから、持って帰るといいわ。夜食にちょうどいいでしょ」

立ちあがり、両手に皿を持って厨房に入って行く。こんなにいい人（のボーイフレンド）を疑うのは間違っていると礼那は思った。

「あした、お買物できるよね」

いつかちゃんに言う。

「ビーチに持って行くものを買わなきゃ」

と。

会計を終え、サンドイッチを受け取っておもてにでた。まだ六時にもなっていない。おお港町！　礼那はスキップをした。

子供たちがいなくなった、という連絡を妹から受けたあとで、三浦新太郎の元に娘から届いた最初の絵葉書には、マンハッタンの夜景の写真がついていた。消印もニューヨークシティで、日付から、妹一家の住む郊外の家をでて、ほぼ間をあけずに投函されたものだということがわかる。文面は短く、青いボールペンで書かれた文字は、くっきりと大きかった。

怒っていることと思います。でも、こういうことになりました。せっかく留学させてくれたのにごめんなさい。れーながよろしくとのことです。私たちは元気です。
逸佳

一度読み、二度読み、三度目は読むというより文字をただ眺めながら、新太郎は頬を緩める。内容は問題ではなかった。二人が無事でさえあればそれでいいのだし、異国で経験するあれこれは、いずれ、何らかの形で本人たちの役に立つはずだ。

時刻は深夜一時を回っていた。残業のあとで社員を夜食でねぎらってから帰宅したので、すでに多少酒をのんできてはいたのだが、娘からの葉書という喜ばしいものを目にした新太郎は、ナイトキャップをやることに決める。上等なウイスキーを一杯だけ。起きていれば喜んでつきあってくれるはずの妻はもう寝室にひきあげているが、今夜に限っては、それでまったく構わなかった。新太郎はいま、どういうわけか、ここ数年なかったほど逸佳を身近に感じている。遠く離れた場所にいるのに。

冷蔵庫をあけるとチーズが見つかったので、それを切った。グラスに氷を入れ、チェベックとローガンとしばし迷い、ローガンを選んで注いだ（新太郎はウイスキーが好きで、自宅に専用の棚を造って酒壜を揃えている）。

葉書が届いたことは、昼間、妻からのメールで知らされていた。内容（と言えるほどの内容はないこと）も知らされており、それなのにいざこうして現物を目にしてみると、自分でも驚くほど新鮮な感慨を覚えた。青いボールペンの筆蹟から、娘の気配というか生気のようなものが、ありありと感じとれる。L字形のソファの短い方の端に腰をおろして、十七歳、と新太郎は考えてみる。新太郎自身は、その年齢のころ岡山にいた。大学入学と同時に東京にでることになるのだが、十七歳はそのすこし前だ。高校生で、軟式テニス部に所属していた（昼休みに好きな曲をかけたいというだけの理由で、放送部にも掛け持ちで所属していた）。予備校に通っている友達もいたが、新太郎は学校と自宅以外の場所で勉強をしたことがなく、それでも不思議に成績はよかった。高校生活の途中から〝彼女〟というものがいたが、当時、それは一緒に帰る相手という意味に過ぎず、部活が終るまで待っていてくれるその子を家に送り届けて（ときにはそのままあがり込んでその家で夕飯をごちそうになり）、じゃあまたあしたと言い合って別れるだけの関係だった。生家には両親と妹、それに祖父母がいた。周囲は水田だらけで、夏になるとカエルが鳴いた。

自分のことではないような気がした。具体的な事実は思いだせるのに、何を考えていたのか、どんな性格だったのかはまるで思いだせない。自分がかつて十七歳だったという事実を、新太郎は気味悪く感じる。そのころ何を考えていたにせよ、どんな性格の人間だったにせよ、そいつはもうどこにもいないからだ。

「おかえりなさい」

声がして、妻が入ってきた。

「やっぱりな」

と言って微笑む。

「あなたはやにさがってるだろうなと思った。逸佳からの葉書を見て」

パジャマの上にストールを羽織り、胸の前で合せ目をつかんでいる。

「ごめん。うるさかったかな」

「べつに音はしなかったわ。ただなんとなく目がさめたの」

食器棚からグラスをだして、妻は新太郎の隣に腰をおろした。

「氷は？」

尋ねると、なしでいいという返事だった。二人で酒をのみながら、新太郎は葉書を見たときの感慨を妻に伝えようとした。自分が逸佳を信頼していること、若いころの旅は年をとってからの旅とは違うこともつけ加えた。妻はチーズの他にたたみいわしを炙ってだしたりしながらそれを聞き、

「でも」

と穏やかに言った。

「学校があるんだから、礼那は帰してあげなくちゃ」

と。


朝の散歩はもう日課になっている。気に入りの坂道、気に入りのベンチ、気に入りの石段（腰をおろすと、幾つもの建物のすきまに、唐突な青さで海が見える）。気に入りの通り、気に入りの果物屋、気に入りの野良猫。逸佳には気に入りのマネキンまであった（女性用の下着屋のウインドウに三体押し込められたうちの一つで、他の二体がそれぞれ赤と黒の派手な下着姿なのに対し、地味なベージュのランニング型キャミソールとショーツを身につけているばかりか、なぜかこの一体だけかつらをかぶっていないので、

ひどく存在感が薄い。その存在感の薄さが、通るたびに気になるのだった)。

たった五日間で、すっかりこの街の住人みたいな気分になっていることに逸佳は自分で驚く。三か月半住んだニューヨークでは、そんな気持ちにならなかったのに。

パン屋の店員も逸佳のことを憶えていて、「おはよう」の言い方が最初のときとは——さらに言えば、毎日来るわけではない他のお客に対してとも——あきらかに違う。そんなことが、逸佳には嬉しいのだった。

パンとコーヒーを抱えてホテルに戻る。ベッドの上いっぱいに、礼那の荷物がひろげられていて、本人は風呂に入っていた。テレビがつけっぱなしになっている。

「れーな、もう九時半だよ」

バスルームをのぞいて言うと、その狭い空間は湯気でむっとしていた。

「十時すぎにはチェックアウトするから、荷造りしておくようにって言ったでしょ」

わかってる、と礼那はこたえた。でもいまシャンプーしてるの、と、口を大きくあけられないせいであろうくぐもった声で。

「コーヒーさめるよ」

逸佳は言って、扉を閉める。「わかってる」のに、なぜ「いまシャンプーしてる」のかわからなかった。苛立(いらだ)たなかったと言えば嘘になるが、同時にある種感心してしまったのもまた事実で、それは、自分には絶対にできないわざだと思ったからだ。うらやましさに似た感情が、抗いようもなく湧く。そういうことができたいわけではなかったが、できない自分よりできる礼那の方が心根がいいというか、人間として大きい気が逸佳はする。

　ゆうべもそうだった。まあ、ゆうべの出来事と今朝の出来事は似ていないが、逸佳にできないことという点ではおなじで、礼那はゆうべ、エレナの働いている店――レストランではなく、エレナが週に三日、カントリー歌手として、レストランでの仕事のあとで出演する酒場――で歌ったのだ。何か日本の歌を歌ってほしいと（エレナではなく、まばらにいた酒場の客に）頼まれてのことだった。逸佳は全身〝ノー〟でいっぱいになったが、いかにも場末な感じのするその酒場で、礼那は果敢に立ちあがって歌った。もちろん伴奏もなく、一人で、小学校の校歌を。日本語の歌を咄嗟にそれしか思いつかなかったのだと、あとになって言っていたが、ランプシェイドのせいでオレンジ色を帯びたあの空間に、校歌は妙にしっくり馴染んだ。地元の酔客たちばかりか逸佳まで、うっかり感動したほどだった。それを思いだして尊敬の念が湧いたせいかどうかはわからないが、風呂からあがった礼那に、

「これ、いつかちゃんのリュックに入る？」

　と尋ねられた逸佳は、

「入れる」

とこたえて、まるめたベンチコートを受け取ってしまった。

そしてまた移動している。

細くあけた窓から入る風の匂いをかぎながら、礼那は思う。高速道路は殺風景だ。半分以上が白髪の、爆発したみたいなもじゃもじゃ頭のボブが運転席に坐っている。できるだけそっちを見ないようにしているのは、見るとすぐルームミラー越しに目が合ってしまうからだ。そして微笑まれる。

出発はにぎにぎしかった。まぶしく晴れたお昼前で、キャスとエレナばかりか、そのときレストランにいた三人の客も、なりゆき上、見送りに加わってくれたからだ。クラクションが鳴り、おもてにでると赤い車が停まっていて、もじゃもじゃ頭のボブがそばに立っていた。

「いつもは埃だらけなのに、この人ったらあなたたちを乗せるために洗車したのよ」

可笑しそうにキャスが言った。エレナは言葉すくなだったが、旅の無事を祈っていると言い、窒息しそうに力強い抱擁をしてくれた。ほんのすこししか知らない人たちなのに、礼那は別れ難く感じた。いつかちゃんが毎朝散歩にでたように、礼那はその街にいたあいだ毎日、彼らの店に顔をだしていた。食事のためではなく、ただ彼らの顔を見るために。あらレーナ、また来たの？　エレナにそう言って笑われると、なんだか安心してしまえたし、それが夕方ならマイケルにも会えた。ぽっちゃりしていて大人びたあの少年は、礼那に譲を思いださせる。

ボブの運転する車に揺られながら、礼那は足元に置いたビニール袋に触れてみる。なかには、マイケルからの風変りな餞別が入っている。学校に行っていて見送りに来られないことがわかっていたマイケルは、それをきのう礼那といつかちゃんにくれた。雨が降っても濡れないように、黒いビニールのゴミ袋に入れて。

「みんないい人たちだったね」

過去形で言い、礼那はこれからのことを考えようとした。これからのこと、旅の続きを。

ボブはお喋りな人だった。尋ねてもいないのに、自分が元漁師だったことや二度結婚したこと、離婚も二度したことや、キャスと出会って〝BANG〟となったことを話してくれた。ヨークでの〝ビジネス〟というのが、バーの経営であることもわかった。ポートランドとヨークに一軒ずつバーを所有していて、普段はポートランドの店にいるが（なぜならそこにキャスがいるから）、金曜日と土曜日の夜だけヨークの店に顔をだすことにしているそうだ。

いつかちゃんは、まるでボブが正しい道を走っているかどうか疑っているみたいに、膝の上で地図をひらいている。

「見て」

礼那は言い、ドアについているボタンを押し下げたり押し上げたりして、窓を開閉した。

「こうすると、風の音が変るよ」

大きくあけると、ばばばば、ぼぼぼぼ、と聞こえる風の音は、細くあけたガラスごしにはヒューヒュー聞こえ、中くらいのあけ方にすると、ビュービューに、ガラスのふるえるカタカタが混ざる。

「ね？」

その発見を礼那はおもしろいと思ったのだが、従姉はうなずいただけだった。

車は高速道路を降り、風が急にのんびりと緩む。広い、というのが礼那の思ったことだった。それにあかるい、というのが。視界を遮るものがないので、空が遠くまで見える。赤い屋根の白い家、青いひさしの白い家、緑と薄茶のまだらになった芝生。静かで、かわいらしくて、玩具みたいな風景だった。礼那は、子供のころに持っていた、ミニチュア牧場セットを思いだした。白い柵、白い看板、白いテラス――。ところどころにある人工物は、目につく限りみんな白い。しばらく走ると海岸線が見えた。

「海！」

ビーチなのだから海があることはわかっていたが、それでもどうしても声をあげてしまう。

「もうじき着くよ」

ボブが言った。この人の目的地はまだ先なのに、わざわざ手前で高速道路を降りてホテルまで送ってくれるのだ（十月でも営業しているホテルは、〝厚化粧・いい人・アイリーン〟が調べてくれた）。

「ありがとう」

礼那は言い、おなじ言葉をいつかちゃんも言った。

「ビーチズにはどのくらいいるの？」

ボブは尋ね、礼那が返事をする前に、

「よかったら今度店においで。バーだけど、ソーダもあるから」

と続けて、そのあとはぶつぶつしたひとりごとになった。金曜日と土曜日に、金曜日と土曜日に、金曜日と土曜日に、と、歌うようにくり返している。

オンフライデイズ、エンサタデイズ、オンフライデイズ、エンサタデイズ――。予約していた小さなホテルに着き、もじゃもじゃ頭のボブと別れたあとも、その言葉は礼那の耳に残ってしまった。

「来たね」

チェックインを済ませ、部屋に入って荷物を置くと、いつかちゃんが言った。

「来た」

こたえると、じわじわと喜びが湧いた。『ホテル・ニューハンプシャー』のパパとママがほんとうに出会った場所、静かな海辺、電車もバスも走っていない土地、しかも太陽はまだほとんど真上に輝いている！

「チーク！」

礼那は言い、伸びあがって従姉の頰に頰をつけた。

黒いビニール袋をあけ、中身をとりだしてみる。マイケル手製のサインボードは、段ボール箱を切りとったものでできている。

WE WANT TO GO TO（行きたいです）

フェルトペンで黒々と書かれ、その下に行き先を書いた紙を貼れば、何度でも使えるようになっており、貼るための紙（画用紙を切ったもの十枚）と、行き先を書くための黒いフェルトペン一本もセットになっている。「目立つことが大事なんだ」と、マイケルは言っていた。「だけど星とかハートとかスマイルマークとか、ちゃらちゃらしたものは書かない方がいい」のだそうで、彼は齢（よわい）七歳にして、ヒッチハイク経験者（祖母と二人で）なのだった。「おばあちゃんと孫っていう組合せだと、たいてい停まってもらえるの」キャスはそう言って笑っていた。「だってほら、たいていの人たちは、老人と子供にはやさしくするよう言い聞かされて育ってきているわけだから」

そのボードを持って路上に立つ自分たちを想像すると、礼那はどきどきしてきた。ここから先は、歩くかヒッチハイクするかしか交通手段がないのだ。これは、かなり〝すごいこと〟だ。

夫はだんまりを決め込んでいる。食卓の空気が重くなるので、何か言ってほしいと理生那は思う。礼那と逸佳がいなくなってから、家のなかが暗い。その暗さは湿気のように隅々まではびこっていて、息苦しいほどだった。

「今年のレンジャースはどうかしらね」

理生那は息子に言った。

「勝つよ。デリック・ブラッサールがいるし、リック・ナッシュもいるもん」

「リック・ナッシュって、去年みんなで観に行った試合で怪我をした人でしょう？」

息子は肩をすくめる。

「怪我はみんな、しょっちゅうしてるよ」

理生那はアイスホッケーにほとんど興味がない。スピードには圧倒されるし、ハーフタイムにでてくるちびっ子選手たちはかわいいと思うが、その程度の認識しかない。けれど息子の譲の生活は、いまのところ、学校とコンピュータゲームとアイスホッケーでできているのだ。

「マッシュポテト、まだあるわよ」

最近、息子の好物ばかり作ってしまう。

「じゃあ、もうちょっとだけもらう」

譲がこたえ、

「ごちそうさま」

と夫が言った。不機嫌な顔のまま席を立ってテーブルを離れる。誰かがまだ食事をしているあいだは、席を立ってはいけない。理生那も夫も、日頃から子供たちにそう教えてきたのに。

息子に問うような眼差し（まなざし）を向けられ、

「大丈夫よ」

と、理生那は自分でも何を請け合っているのかわからないまま請け合う。

「パパは礼那が心配で、気が気じゃないの」

「でも、葉書がきたんだからよかったんじゃないの？　元気だって書いてあったし」

そうね、とこたえたが、その葉書が夫をさらに苛立たせているのだと理生那にはわかっていた。邪気のない文面も、裏に印刷された猫のイラストも——。消印はメイン州ポートランドになっていた。メイン州ポートランド。理生那も夫も行ったことのない、そんな遠い場所にいる礼那は想像がつかない。たぶん夫は、いますぐそこに行って娘をつかまえたいと思ったはずだ。そして、でも、もうそこに娘はいないかもしれないとも思っただろう。几帳面で慎重な夫は秩序を愛している。正しく動けば物事は正しく運ぶと信じているのだ。手をこまねいているしかない状態が、彼には耐えられないのだろう。それに、夫の不機嫌にはあきらかに心配以外の何かが含まれていた。それは自分が不当な目に遭っているという感覚であり、姪をこの家に住まわせた理生那への無言の非難でもあるのだろう。

「大丈夫よ」

理生那は息子にもう一度言う。でも、一体何がだろう。あなたのお姉さんは大丈夫よ？　パパは大丈夫よ？　それともあたしは大丈夫よ、だろうか。

十月二十日、火曜日、午後一時半、晴れ、と、レストランのテラス席に坐って礼那はノートに書いた。海、こわいくらい青い、と書き、テラスにいても、鼻と口にいっぺんに海の匂いが入ってくる、と書いた。風が強いので、髪が顔にぶつかってきて書きにくい。礼那は布の袋からヘアクリップをとりだして、顔まわりの髪を後頭部にまとめて留めた。テーブルには、デザートに頼んだブルーベリーパイが半分残っている。ウェイトレスのお姉さん感じがいい、と書き、このへんの人たちはみんな喋り方がゆっくりだ、と書いたとき、

「そうやってると、れーななんだかハリネズミみたい」

と言っていつかちゃんが笑った。

「ハリネズミ？」

「うん。まるまってる感じ」

椅子の上で体育坐りをし、縮めた膝にノートをのせて書いていた礼那は、ハリネズミが書き物をしているところを想像して自分でも笑った。

海岸地方に来てからのこの四日間は、毎日がピクニックのようだった。海三味、散歩三味、ロブスター三昧（でも、礼那にとって嬉しかったことに、ホテルの朝食にはパンケーキがあった！）。のどかすぎて眠くなるような街だねと、いつかちゃんは言う。

「でも、ぎりぎり十月でよかったよね」

シャーペンの芯をひっこめ、ノートを閉じて礼那は言った。ウェイトレスのお姉さんによると、このレストランも、営業は十月末日までらしい。

「エレナの言葉がほんとうなら、他の街はもっと淋しいんだろうね」

いつかちゃんが呟く。他の街というのはヨークとキタリーのことだ。メインビーチズに三つある街のうち、「いちばん賑やか」だとエレナの言ったオーガンクィットに、二人はいまいるのだった。そのオーガンクィットでさえ、〝厚化粧・いい人・アイリーン〟が言った通り、すでにかなりオフシーズンで、閉まっている店やホテルや施設が多い。それでも、いつかちゃんの精力的なリサーチによって、プレイハウスという劇場でミュージカルが上演されていることがわかり、今夜観に行くことになっている。

「あしたあたり、ヨークに移動する？」

伝票を見て、財布からクレジットカードをとりだしながらいつかちゃんが訊く。

「そうだね。ビーチズは全部十月中にまわった方がいいかもね」

礼那はこたえ、ヘアクリップをはずした。


ホテルに戻ると、きちんとベッドメイクがされていた。礼那はばさりと仰向けに倒れ、

「楽ちんだね、ベッドメイクも掃除も自分でしなくていいっていうのは」

と正直な気持ちを声にだしたのだが、だした途端に自分の部屋を思いだしてしまった。ニューヨークの家の二階の、あの部屋――。こういう晴れた午後に、日の光が窓からどんなふうに入ってくるかまで思い浮かんだ。

「だめ」

また声にだして跳ね起き、その光景を頭から閉めだそうとした。思いだしてしまうと、恋しくなりそうな気がしたのだ。

「だめ？」

いつかちゃんが訊き返す。他のことを考えようとしたが、そうすると、今度はなぜだ

か親友のシエラの顔が浮かんだ。シエラは、お昼休みに誰とランチをたべているのだろう。

「何がだめ？」

再度訊かれ、礼那はなんでもないとこたえる。

「なんでもないけど、ちょっと思いだしちゃったの」

と。

「何を」

低い声で、当然の疑問を口にしたいつかちゃんは怪訝そうで、礼那は咄嗟に、

「おばあちゃんちのこと」

と嘘をついた。

「おばあちゃんちの、仏様のお部屋のこと。遊びに行くと、いつもあそこに布団がたくさん積んであったじゃない？」

「あった、あった」

いつかちゃんは目を輝かせる。

「私たち、よくそこにダイブしたね」

「ふかふかで気持ちよかったから」

礼那も言い、日本に帰ったらまたあの布団にダイブしたいねと言い合って話は終った

が、いつかちゃんに嘘をついたのは——憶えていないくらい小さいころにはついたかもしれないが、礼那が礼那として記憶している限り——はじめてのことで、従姉とのあいだに突然距離が出現したようで不安になった。しかも、その距離を出現させたのは自分なのだ。

「すごい」

自分の発見に驚いて、礼那はまた声にだしてしまう。

「いつかちゃん、れーな、いま、すごいことを発見したよ。大人はみんな、『嘘をついちゃいけません』って子供に言うでしょ。それがなんでなのか、はじめてわかった」

ガイドブックと地図を照らし合せ、劇場の場所を確かめていたいつかちゃんは顔をあげ、

「なんでなの」

と、たいして興味がなさそうに訊く。

「それはね、嘘をつくと淋しくなるからだよ」

こたえると、へんなまができた。それからいつかちゃんの顔に、おもしろがるような表情が浮かぶ。

「何？　どの部分が嘘？　どんな嘘をついたの？」

椅子から立ちあがり、相手をくすぐろうとしている人みたいにゆっくり近づいてくる。

くすぐられたわけでもないのにくすぐったくなり、礼那は首をすくめた。いつかちゃんがベッドにダイブしてくる。おばあちゃんちの、仏様の部屋にいるときみたいに。

「言え、白状しろ、こら」

「言わない。つかない。ていうか、ついたけどもう忘れちゃったもん」

すんなりと長い手足を持つ従姉の身体の下で、礼那はもがく。

「やめて。どいて。重いよ、いつかちゃん」

従姉の肌はホテルっぽい匂いがした。ホテルの備品の石鹸とかタオルとかに似た匂いが。〝距離〟はもう消えていたが、それでもこの先二度と、絶対、いつかちゃんに嘘はつくまいと、このとき礼那は心に決めた。


夕方の光が海に散らばっている。バドミントンというものを、逸佳はたぶん小学生のとき以来していなかった。ラケットがシャトルをきちんと捉えたときの、ぱつん、という、軽いけれども確かな手応えがなつかしかった。波に濡れないぎりぎりの場所で打っているので——最初はもっと安全な場所を選んだのだが、乾いた砂に足をとられて、ちっともラリーが続かなかった——逸(そ)らしたシャトルがいつ水に落ちるかわからないというスリルがある。

「上手いじゃん」

波音にかき消されないように大きめの声をだして言うと、

「いつかちゃんこそ」

と、打てば響く早さで礼那の声が返った。

「でも結構疲れるね、これ」

打ったシャトルが戻ってくるまでのあいだにしか声をだせないので、会話が自然とリズミカルになる。

「えー？　疲れるの早すぎ」

それはれーなの打ち方が不安定で、シャトルがあちこちに飛ぶから、という文言は長すぎて口にだせなかった。

「こっちの友達とやったりもするの？　バドミントン」

「やったことない」

逸佳は強さを加減して打っているのだが、礼那はつねに力一杯打ち返してくる。それで逸佳は二、三歩さがって打つのだが、そうすると今度は礼那からの返球が届かず、思いきり前に突進して、下から掬(すく)いあげるように打ち返さなくてはならない。

「うまい！」

逸佳がそれをすると、礼那はほめた。遠くをカモメが飛んでいるのが見える。ふいに逸佳は不思議な気持ちになる。こんな外国の海辺で、礼那とバドミントンをしているなんて。

夕空にシャトルの白さが溶け込んで一瞬見えなくなり、再び出現したそれを逸佳は打ち損じる。

「グッドフォーユー、リトルガール！」

野太い声が聞こえた。落ちたシャトルを拾いながらふり向いて見ると、桟橋の上で、チェックのシャツを着た男が笑っていた。

「アイソーユー、プレイングヴォリボー、イエスタデイ！」

きのうバレーボールしているところも見たよ、とさらに叫ぶ。バレーボールというのは正しくないが、きのうもこの浜辺で、やはり日の翳りかけたいまごろの時間に、ビーチボールを突いて遊んだ（ポートランドで礼那が言っていた〝ビーチに持って行くもの〟というのはつまり遊具で、ビーチボール、フリスビー、バドミントンセット、といった品々を、エレナに教わった安売り雑貨店で買ってきたのだ。礼那はそれらをひどく熱心に選んだ。「遊ぶものは大事」と言って）。男はそれを見たと言っているらしい。愛想よく手をふり返す役は礼那に任せ、逸佳はリュックを置いた場所まで歩いて腰をおろした。ペットボトルの水をとりだしてのむ。カモメの数が増えたようだ。高く低く飛んでいる。運動したせいで汗ばんだ額に、風がひんやりとつめたい。さっきまで水面を輝かせていた日ざしはいつのまにか消失して、空気はただ薄青かった。

今夜はミュージカルを観ることになっている。〝アンジェラ〟というタイトルで、内容については見当もつかないのだが、地元の人たちが毎年たのしみにしているイヴェントだと、スーパーマーケットの店員が言っていた。チケットは、「行けばすぐ窓口で買える」らしい。八時からなので、いったんホテルに戻って荷物を置く時間は十分にある。かなり歩くはずなので、夕食は途中の店で、何か簡単なものを買うつもりだった。買って、歩きながらたべる。空の分量が多いから、そういう夕食も気持ちがいいはずだ。

すこし離れた場所で、礼那は栈橋を降りてきた男と話している。二十代後半？　それとも三十くらいだろうか。チェックのシャツにジーパンという服装と、全体の雰囲気からそう見当をつけたが、逸佳の位置からは、男の顔まではよく見えなかった。そろそろ行くよ、と声をかけようと思ったとき、礼那は駆け戻ってきた。うしろから男もくっついてくる。

「あのね、いつかちゃん、この人がね、劇場まで車で送ってくれるって」

「だめ」

逸佳は咄嗟に却下していた。

「なんで？　だってね、劇場まで一マイル以上あるんだって。一マイルって歩くとすごく遠いよ、車ならすぐだけど」

「とにかくだめ」

一マイルというのは一・六キロくらいだ。確かに遠いが、歩けない距離ではない。

「なんで？」

珍しく、礼那はひきさがらなかった。

「だって、知らない人でしょ」

逸佳が言うと、

「でも、もともとこの先はヒッチハイクする予定だったじゃん」

と、もっともな反論をする。

「ええと、きみ、この子の従姉なんだよね？」

険悪な空気を察したらしく、おずおずと男が口をはさんだ。遠目に見るより若い男だ。南米系だろうか、浅黒い肌をしている。うっすらと口髭を生やしているのだが、それがかえって顔立ちのあどけなさを強調している。

「いま彼女に話したんだけど、プレイハウスまでは結構あるよ。いま――を終えたところで、車、そこに停めてあるから、もしよければ乗せて行くよ」

「何を終えたところだって？」

聞きとれなかったので礼那に訊くと、

「ペンキ塗り。ベンジャミンはペンキ屋さんなの」

という返事だった。

「無理にとは言わないけど……もうじき夜になるし……歩くのは危ないから、その……」

ベンジャミンは困っているように見えた。両手をうしろのポケットにつっ込み、どうしていいのかわからなくなっている少年のように見えた。

「ほんとうに構わないんですか？」

車に乗せてもらいたいからというより、それ以上困らせたくなくて、逸佳が訊くと、ベンジャミンはぱっと――ほんとうにぱっと、ろうそくに火が灯ったように――表情をあかるくして、もちろんだ、全然構わない、と、あとで思うと不自然なほど勢い込んでこたえた。

いったん部屋に戻り、遊具を置いてでてくるまで、ベンジャミンはホテルの前で待っていてくれた。でてきたときにはかなり暗くなっており、ベンジャミンの足元には吸殻が四本落ちていて、煙草の嫌いな逸佳はややいやな気がしたが、送ってもらうのに、文句を言えた立場ではないと思い直した。

車はすぐそばに停めてあった。銀色の小型のバンで、うしろには商売道具――金属製の梯子（はしご）、ペンキ缶、ボロ布の入ったバケツや、何に使うのかわからない各種溶剤――が積まれている。

「どっちが助手席に乗る？」

尋ねられ、逸佳は自分が乗るとこたえた。キャスとマイケルのコンビに、ヒッチハイクをしたら、どちらか一人は助手席に乗るのが礼儀だと教わっていた。乗せる方だって、見知らぬ他人を背後に乗せたくはないのだから、と。

「いつかちゃん見て、一番星」

礼那が上を向いて言う。夜が始まったばかりの空に、ぽつんと一つだけ、あかるい星がでていた。

ベンジャミンの車は、乾燥した穀物みたいな匂いがした。ニューヨークにあった自然食品店——ミューズリーとか玄米とか、磨いていないりんごとかを売っていた——を思いださせる匂いで、それが、鼻をつくペンキの刺激臭や煙草臭よりむしろ強い。ついくんくんと鼻を動かしてしまったらしい。

「臭い？」

ベンジャミンに訊かれた。

あっというまに劇場についた。助手席に坐った逸佳は黙っているのも悪い気がして、近くに住んでいるのかとか、年は幾つかとか、二、三の質問をひねりだしてみたが、一問一答的なやりとりにしかならなかった。緊張しているつもりはなかったのだが、車から降りると逸佳はほっとした。新鮮な外気、歩いているよその人たち、街灯に照らされた道が公園のなかにまっすぐ続いていて、正面には緑色の屋根の劇場が見える。

「人、いるんだねえ」

後部座席から降りた礼那が言い、ガロラ、と大きな音を立ててベンジャミンがその扉を閉めた。

「みんなミュージカルを観に来た人たちなのかな。老夫婦が多いね」

ほんとうに礼那の言葉通りで、この街にはあまり若者がいないのか、いてもミュージカルを観に来たりはしないかの、どちらかなのだろうと逸佳は思う。

ベンジャミンに二度か三度礼を言い――英語で感謝を伝えることが、逸佳は苦手だ。サンキューだけでは通りいっぺんな気がして、けれど他にどう言っていいかわからず、結局おなじ言葉をぼそぼそと、小声でくり返すことになる――、銀色のバンに背を向けたとき、どこかおどおどしたこの男を、数時間後にまた目にすることになるとは思ってもいなかった。


夜のなかに、まだらな紅葉がライトアップされている。その下を、劇場めざして微妙に着飾った老人たちが歩いて行く姿が、礼那の目にはおもしろく映った。チルチル・ミチルの絵本にでてくる死んだ人たちの国に、迷い込んだみたいだ。枯れかけた芝生のところどころに、屋台がでている。

「なんか、夏みたいだね」

寒いのにそう言ってしまったのは、肉を焼く煙の匂いのせいだったかもしれない。嬉しいことに、レモネードの屋台もあった。

「しかし、アメリカ人は国旗が好きだね」

いつかちゃんが言う。劇場は正面から見ると横長の完璧な長方形で、バルコニーに国旗がたくさん、一列にならんでいる。数えてみると十旗あった。それはべつに珍しい光景ではなかったから、

「国旗、日本ではあんまり飾らないんだっけ」

と訊いてみたが、いつかちゃんはそれにはこたえずに、

「先にチケットを買ってから、何かたべよう」

と言った。

レモネードは粉末のモノを溶いたやつで、本物のレモンの味はしなかった上に薄くてぬるかったし、ホットドッグもパンにソーセージをはさんだだけのもので、刻んだピクルスも炒めたきゃべつもなしだったが、とてもおいしく感じた。このところ、シーフードばかりたべていたからかもしれない。

劇場に入って座席に坐り、ノートをとりだしたのは、海辺のバドミントンとベンジャミンとペンキを積んだ車、それにホットドッグとレモネードのことを書いておきたかったからだ。

「また日記つけてるの?」

隣で、いつかちゃんが理解できないというように訊く。

「つけないと、なくなっちゃう気がするから」

こたえると、いつかちゃんはさらに理解できないという顔になった。

「なくならないよ。事実はなくならない」

と言う。事実はなくならない。礼那には、ほんとうかどうかわからなかった。もしなくならないのだとしたら、それらは日記以外の一体どこに、あり続けられるというのだろう。けれどその気持ちは、言葉にするにはややこしすぎたので、

「でも、なくなっちゃう気がするの」

とだけ礼那は言った。

八時を五分過ぎて始まったミュージカルは、ミュージカル、という言葉から礼那が想像したような（礼那は以前、家族で〝アニー〟や〝ファンタスティックス〟を観に行ったことがあるし、テレビの映画で〝マイ・フェア・レディ〟を観たこともある）、愉快な話ではなかった。舞台はどうやらすこし昔のロンドンで、陰惨な殺人事件が幾つも起きている、というあたりまでは意識があったが、場面がいつも夜で暗く、セリフも歌も呟くように単調で、いつのまにか寝てしまった（後半、ヒロインがしょっちゅう耳をつんざくような悲鳴をあげるので、そのたびに目がさめたが、舞台に意識が戻ることはなかった）。

「おもしろかった？」

あかりがつき、観客がぞろぞろ出口に向っている場内で訊くと、いつかちゃんの返事は、

「英語って、歌になるとますますわからなくなる」

だった。

おもてにでて、ライトアップされた公園の道を歩く。腕時計を見てびっくりした。

「もう十一時なの？　ながい芝居だったんだね」

観客のほとんどは駐車場に向って行く。みんな車で来ているのだ。

「ホテルまでの道、わかる？」

「たぶん」

いつかちゃんは街灯の下で地図を確認する。

「大丈夫。ショアロードかメインストリートをまっすぐ北に行けば、ダウンタウンにでるから」

ダウンタウンには、きのうもおとといも夕食に行った。そこからホテルまでの道は、礼那にもわかる。

公園をでたところにベンジャミンが立っていた。服装はさっきとおなじだったが、髪がうしろになでつけられていて、整髪料でてらてら光っている。そばに白人の男の子も

いて、ベンジャミンは、

「これは友達のダニー」

と言った。二人の足元には吸殻がたくさん落ちていて、随分待ったのだろうということがわかった。

「夕食これからでしょ。この時間でもあいている店に連れて行くから乗りなよ。そのあと、ちゃんとホテルに送って行くから」

見るとそれは車ではなくてバイクで、路肩に、二台ならべて停めてあった。

バイクに乗るのははじめてのことで、うしろに跨ると嬉しくなった。前に乗ったベンジャミンにつかまる。

「もっとしっかり」

つかまる手に力を入れてみたが、また、もっとしっかりつかまるように言われてしまう。

「そうじゃなくて、こう」

指示された恰好は、抱きつくというより抱きしめるという方がぴったりで、バイクはまだ動きだしてもいないのに、礼那はこれでは腕が疲れそうだと思った。ベンジャミンの胴体はふかふかしたジャンパーごしにさえ骨ばっていて細く、男性用化粧品の匂いがすることから、自分たちがミュージカルを観ていたあいだにシャワーを浴びたのだろうとわかった。

ふり向くと、いつかちゃんもうしろで、もう一台のバイクに跨っている。礼那から見えるのは腕——白人の男の子を抱きしめるようにしている——と脚だけだったけれど。

男の子たち二人のバイクに乗ることに、いつかちゃんは難色を示した。でも夜中に知らない道を一マイル以上歩くよりはバイクの方がこわくないし、二人より四人の方が安心なので、礼那は行こうよと言った。こんな時間にごはんをたべられる店を、二人で見つけるのは難しいという事情もあった。待っていてくれたのに、行かなくちゃ悪いという気持ちも。

「いい？　行くよ」

ベンジャミンの呼びかけに、礼那はいいよとこたえる。エンジンの音がうるさくて、自分でもよく聞こえない返事だったのに、途端にバイクは発進し、礼那はあやうくのけぞりそうになった。しゃにむにベンジャミンにしがみつく。

振動もスピードもおそろしく、礼那はしばらく声もだせなかったが、出発してすぐダニーに追い越されたことはわかった（そばを通るとき、ダニーが奇声を発したからだ。インディアンごっこをしている子供みたいな声だった）。

「力を抜いて」

ベンジャミンの声は、彼の背中から聞こえた。そのときまで、礼那は自分が頰も耳もそこに押しつけたままでいることに気づかなかった。おそるおそる離してみる。

「力を抜いて」

もう一度叫ばれ、腕の力をすこしだけゆるめる。すると夜風がうしろに流れていくのがわかった。

「快適、だろ？」

風景も、夜気の匂いも、どんどんうしろに流れていく。

「快適！」

礼那は叫び返した。ほんとうに快適だった。

店に着くまで、ダニーは奇声をあげ続けだった。かん高い声で、「イーハー」とか「イーフー」とか叫ぶのだが、率直に言ってばかっぽく、逸佳はむしろ安心した。けれど、そのことと暴走の恐怖はもちろんべつなのだった。駐車場でバイクからおりたとき、逸佳は足がふるえていた。二人乗りの大きなサドルの後部が、まだ両足のあいだにはさまっているように感じる。

「おもしろかった？」

尋ねられ、まあ、と曖昧にこたえた。逸佳はバイクに詳しくないが、結構大きな、しかも古めかしい代物だった。礼那を待ちたかったが、あとからすぐに来るとダニーが言うし、駐車場にダニーと二人でつっ立って、ただ待っているのも気づまりだったので、先に店に入った。

老人ばかりが住んでいるという印象の、海辺の静かな街にこんな店があったとは驚きだった。広くて、粉っぽい匂いのスモークが焚かれ、床が震動するほどのヴォリウムで音楽が鳴り響いている。カウンターにならんだビールサーバー、ピンクや黄色や緑のネオンが四方の壁で発光し、逸佳の意見では宇宙船じみた演出効果をあげていた。

「おいで」

なれなれしく肩を抱かれたが、この場所ではそうされても仕方がないような気がした。逸佳の財布には、友人のパスポートのコピーが一枚入っている。みんなでディスコに繰りだすときに、二十一歳以上だと偽るためのもので、韓国人留学生のパスポートだが、写真と実物の違いを指摘されたことは、これまでに一度もない。それを使えば酒類を買うことも可能ではあったが、ダニーはビールを、逸佳はソーダを注文した。

カウンターの前で立ったままそれを啜っていると、ベンジャミンと礼那が入ってくるのが見えた。逸佳は自分でもおかしいと思うくらい安堵した。礼那の顔、礼那の服、礼那の大きさ。

「バイク、おもしろかったね」

高揚した面持ちでまずそう言った礼那は、次に驚いた顔になり、逸佳は、自分がダニーに肩を抱かれたままであることを思いだした。

「なんでそんなにくっついてるの?」

訊かれてもこたえようがなかった。やめてと言うタイミングを、なぜかのがしてしまったのだ。

「あっちで坐ってのもう」

ビールとコーラを買ったベンジャミンが言い、テーブルに移動する。ダニーが腕をどけないので、必然的に逸佳はダニーとならんで坐り、テーブルをはさんだ向い側にベンジャミンと礼那が坐った。礼那は怪訝な顔をしている。逸佳自身は、もっと怪訝な気持ちだった。肩にのった腕が重い。随分密着しているので、ダニーがビールをのむたびに、壜を口から離すときの湿った音が耳元で聞こえるのも気持ちが悪かった。それなのに、なぜどけてと言えないのかわからなかった。

「それで、ミュージカルはどうだった?」

ベンジャミンが訊き、

「殺人事件の話だったけど、私は途中で寝ちゃったの」

と礼那がこたえる。

「きみは? きみも途中で寝ちゃったの?」

　ダニーの質問は単純だったのに、逸佳はうまくこたえられなかった。ともかく腕をどけてほしくて、それ以外のことが考えられない。会話は逸佳の外側で進み、断片だけが耳に入った。バドミントンしてて……海で遊ぶにはちょっと遅い……週末までいればもっとおもしろいところに連れて行く……ダニーもペンキ屋さんなんでしょう……小学校時代からの友達で……。

「いつかちゃんは？」

　礼那の声が自分に向けられ、

「何？」

　と逸佳は訊き返した。ダニーの腕がようやく離れる。

「おかわり」

　礼那が空のグラスを指さして言う。

「いらない」

　逸佳はこたえ、こたえたときには立ちあがっていた。

「もう遅いし、帰らなきゃ」

「でも、来たばっかりじゃないか」

　ベンジャミンが言い、

「冗談だろ？」

とダニーも言ったが、逸佳は断固帰りたかった。ここは音楽がうるさすぎる。トイレの芳香剤を思わせる、スモークの匂いも気に入らない。鳥みたいに、首に筋を立てて喋る男の子たちも。

「わかった。じゃあ帰ろう」

礼那が言って立ちあがると、

「勘弁してくれよ！」

と、ダニーが頓狂な声をだした。

店は、劇場よりさらにホテルから遠い場所にあったようで、帰りのツーリングは随分時間がかかったが、それでも送ってはもらえた。走行中、ダニーはもう奇声をあげたりはせず、逸佳の方でもスピードに慣れたのか、カーヴ以外は恐怖もなく、革ジャンを着たダニー（革ジャンの下はアロハシャツだ）の背中につかまったまま、空――ちょうど半分くらいの月がでていた――を眺めることもできた。空も月もなんだか現実離れしていた。バイクに乗って運ばれている自分も。

無論ホテルは家ではないが、戻ってきたとき、逸佳には、家のようになつかしい場所に見えた。今朝起きたベッドがあり、二人分の荷物が待っている場所。

「ありがとう」

バイクをおりて言ったが、ダニーは返事をしなかった。無言で走り去って行った。不機嫌に、爆音と共に。逸佳はそれで構わなかった。勝手に腹を立てればいい。部屋に戻って礼那を待った。

十分経ち、二十分経った。三十分経つころには逸佳は心配で気が狂いそうになり、意味のない行動だとわかりながらもロビーにおりて外で待ったり、落着こうとして部屋に戻ったりをくり返した。自分の迂闊さが信じられなかった。ベンジャミンは（ダニーもだが）ビールをのんでいた。礼那は（逸佳もだが）ヘルメットもなしでバイクのうしろに跨った。

自分が帰って五十分が過ぎたとき、逸佳は、これは〝緊急事態〟の一種だと判断し、旅にでて以来はじめて携帯電話の電源を入れた。礼那にかけたが呼びだし音すら鳴らず、礼那の電話の電源は、切られたままだった。

〝快適〟なバイクに乗っているあいだじゅう、男の子たちに悪かったという気が礼那はしていた。今夜のいつかちゃんはあきらかにへんだったし、帰り方も、あまりにも唐突すぎた。ダニーのことはよくわからないが、すくなくともベンジャミンは、悪いことは何もしていない。

犬の吠え声がし、バイクは私道に乗り入れて停まった。ぷす、ぷす、ぷす、とエンジンがくすぶる。

「俺の家」

ベンジャミンがにっこりして言った。白いペンキの塗られたきれいな家で、二階の窓の一つにだけ電気が点いている。

「こっち」

と言って彼が歩き始めたのは、でもその家の方ではなく、おなじ敷地内にある納屋っぽい小さな建物の方で、庇に取りつけられた電灯に照らされたそれは、おそろしく老朽化していた。

「待って」

追いかけながら声をひそめたのは、ベンジャミンもさっきから声をひそめているからで、犬も鳴き止んでいるいま、しきりにすだく虫の音をべつにすると、あたりは静まり返っている。

「どこに行くの？　私はホテルに帰らなきゃ。イツカちゃんが心配するから」

近くで見ると、遠目に見るよりさらに小屋はぼろぼろだった。大昔に塗られたらしい水色のペンキはほとんど剝げて、部分的にしか残っていない。ベンジャミンはペンキ屋さんなのに、こんなことでいいのだろうかと礼那は余計なことを考えてしまった。

「彼女もべつな小屋にいるはずだから大丈夫」

ベンジャミンが言う。

「べつな小屋って?」

月がでている。ちょうど半分くらいの月だ。

「ダニーの兄貴の小屋。うちの親父も、あいつの兄貴も漁師だから」

扉には大きくて頑丈そうな錠前(ただし錆び錆び)がついていたが、それはただぶらさがっているだけらしく、扉は、押すとすぐにあいた。小屋のなかは暗く、日に温められた木と海草の匂いがした。それに、古雑巾みたいな匂いも。

「でも、なんで小屋に来たの?」

尋ねると同時にベンジャミンの顔が目の前に迫り、よけるまもなくキスをされた。唇と唇がぶつかってすぐ顔をそむけたので、その短いキスの半分は礼那の頬が受けとめることになったが、驚いたことに、ベンジャミンは片手を礼那の背中にまわし、もう一方の手で礼那の胸をなで始める。

「やめて」

礼那は飛びすさるように離れた。

「みっともないですよ!」(Shame on you!)

怒ったときのミセスシュナイダーそっくりの口調で言い、礼那は自分の口からそんな言葉がとびだしたことが意外だった。みっともないですよ、だなんて。ミセスシュナイダーは礼那の担任教師で、怒ると口元がほんとうにわなないく。

しーっと、ベンジャミンは指を唇の前で立てた。それから、小屋に一つだけぶらさがっている裸電球と、隅に置かれた電気スタンドの灯りを両方とも点ける。

「ごめん」

謝ってから、

「まあ、坐ってよ」

と言って、電気スタンドの横に置かれたぼろぼろのカウチを指さした。座面の毛織物が数か所破れ、黄土色のパンヤがとびだしている。礼那が迷っていると、ベンジャミンは両手を上にあげ、何もしないよと示してみせた。

「ここ、何？」

腰をおろして尋ねると、

「漁師小屋だよ。ちょっと物置にもなってるけど」

というこたえが返った。物だらけの空間だった。壁際に金網でできた四角い仕掛けがたくさん積み上げられ、輪っか状に束ねられた針金が何種類もぶらさがり、黄色いレインコートもぶらさがり、棚には工具箱や幾つものペンキの缶、シンナーの缶、刷毛（はけ）のつっこまれた空き缶や、絶対に使いたくない感じのマグカップがならび、床にはたたんで縛ってある魚網が四つも五つも置かれ、きっちり巻かれたロープの束も、四つも五つも転がっている。スイカほども大きなオレンジ色のブイは、隅に小山のように積まれていて、他にも段ボール箱やキャットフードの大袋や、バケツや長靴やホースや、礼那には何だかわからないものが雑然と、でもおそらくすべてきちんと使われている様子で置かれていた。

「これ何?」

足元にある機械を指さして訊くと、知らない単語が返ってきた。網や船底を洗う道具だという。

「このモーターで海水を汲みあげて、ホースの先端につけたガンから噴射させるんだ。すごい勢いで水がでるから、結構危険だよ」

ベンジャミンは説明し、

「こういうの、はじめてなの?」

と、礼那の顔をのぞき込んで訊く。

「つまり……」

と言って語尾を濁し、またキスをしようとする。今度は手でよけることができた。

「やめてって言ったでしょう?」

礼那は立ちあがり、両手を腰にあてる。怒っていることを、明確に示したかったのだ。そうしながら、従姉のことを思った。いつかちゃんも、いまごろ〝べつな小屋〟で、おなじような目に遭っているのだろうか。

「こわがることないよ」

　ベンジャミンが言う。

「きみは知らないかもしれないけど、こういうのは普通のことだし、自然なことなんだから」

　なんとなく情ない感じの笑みを浮かべ、

「男の子と女の子が出会って、いい感じになったらそうするものなんだよ。キスしたりとか、いろいろ」

　と、さらに説明する。もちろん礼那も知っていた。クラスメイトのなかにはボーイフレンドのいる子もいるし、〝キスしたりとか、いろいろ〟したとかしないとかが噂になる。テレビドラマの〝ベター・ザン・ザ・パイ〟では、しょっちゅう誰かが誰かと寝ていた。でも――。

「でも、これは違うよ」

　礼那が言うと、ベンジャミンは両方の眉を持ちあげてみせる。

「どう違うのさ」

　考えてしまった。どう違うのだろう。ベンジャミンは礼那がこたえを見つける前に、

「俺のこと嫌い？」

　と重ねて訊く。

「嫌いじゃないけど、好きでもない」

礼那はこたえ、暗澹とした気持ちになった。誰かに、あなたのことを好きではないと、はっきり言うのはいやなことだ。ベンジャミンはかなしそうな顔をしていた。

「ホテルまで、歩いて帰ってほしい？」

礼那は訊いた。それから、斜めがけにしたままだった布の袋から、ウェットティッシュをとりだして手を拭いた。さっきベンジャミンを押しのけたときについたらしく、整髪料の匂いがしていたからだ。

「送って行くよ」

ベンジャミンは言い、立ちあがってタバコをくわえ、火をつけてから小屋の電気を消した。

虫が鳴いていた。砂利を踏む二人分の足音がする。月あかりを受けて、バイクは光っていた。礼那は跨り、ベンジャミンにつかまった。エンジンがかかるとまた犬が吠えたが、その声はじきに遠ざかり、聞こえなくなった。


いつかちゃんは部屋にいた。

「よかったー」

ただいまより先にそう言ったのは、まだ帰っていないかもしれないと思っていたからで、帰っていたことが嬉しかったからだ。

「何時ごろ帰ったの？」

ベッドサイドの時計を見ながら訊いた。午前二時四分、真夜中も真夜中だ。いつかちゃんは返事をしない。

「どこに行ってたの」

低い硬い声で訊く。

「え？」

そのときになってはじめて、礼那は従姉が怒っていることに気づいた。すごく、すごく怒っている。

「待って。いつかちゃんは小屋に連れて行かれなかったの？　あのお店から、もしかしてまっすぐ帰ったの？」

礼那は説明した。ベンジャミンの家の漁師小屋に行ったこと、いつかちゃんも〝べつな小屋〟に行っていると聞かされたこと、ベンジャミンが迫ってきたけれど、ちゃんと拒絶したこと、ベンジャミンは気を悪くしたようだったけれど、最後にはここまで送ってくれたこと――。憤慨の言葉や質問にたびたび中断されながら、なんとか全部説明し終ったときには午前三時になっていた。

いつかちゃんはうなり声をあげ、ベッドにばたんと倒れ込むと、

「ベンジャミン最低」

と吐き捨てるように言った。

「やっぱりバイクに乗らなければよかった。最低。最低。ほんっとに最低」

どんどん語気が強まる。それを聞きながら礼那は、ベンジャミンのかなしげな顔を思いだし、そこまで最低ではなかったよ、と言いたい気がなぜかした。

ハロウィンの仮装で、譲はルフィというものになりたいのだそうで、これだよ、と言って少年漫画を見せられたのだが、理生那には、どうすれば息子をそれ風に見せてやれるのかわからなかった。とりあえず麦わら帽子をかぶせ（でも、十月も終りに近づいたいま、どこに行けば麦わら帽子が買えるのだろう）、顔に傷をペイントしてやるとして、服はどうすればいいのか。息子が言うには「基本的に素肌にヴェスト、半ずぼんにぞうりで、腰に黄色いスカーフをまいていることもある」そうだが、この時季に、そんな恰好でおもてを歩かせるわけにはいかない。冬の場面がでてくることを期待して、理生那は漫画をぱらぱらめくる。まさか、冬でもこの恰好ということはないはずだ。

そのとき電話が鳴った。礼那からかもしれないと、期待しすぎないように気をつけて受話器を取った。反射的にそうすることが、すでに癖になっている。礼那からかもしれないと思うのではなく、礼那からではないかもしれないと思うことが。

「ママ？」

娘の声が聞こえたとき、安堵と同時に理生那は恐怖を感じた。電話線などという頼りないものの向うにいる礼那、つかまえることも抱きしめることも、それどころか見ることもできないまま、もしこの電話が切れてしまったら？

「礼那」

落着かなくては、と思いながら声をだした。

「どこにいるの？」

尋ねたが、どこにいるかは問題ではなかった。

「早く帰ってきなさい。一体何をしてるつもりなの？」

叱ろうと思ったわけではなかったが、気がつくとそう言っていた。声がふるえる。

礼那は、どこにいるかは言えないの、と、あかるい声で言った。でもいま朝ごはんをたべたところで、お店に公衆電話があって——。

それは、理生那のよく知っている声だった。屈託のない、正直であどけない——。

「ここはきょうすごくいいお天気なんだけど、ニューヨークもいいお天気？」

「逸佳に代ってちょうだい」

一瞬でも礼那を電話口から遠ざけたくはなかったが、そうする必要があると思ったので、理生那は言った。

「逸佳もいるんでしょう？　そこに」

礼那は何も言わない。

「もしもし？」

電話が切れたのかと思い、ほとんど肉体的な痛みを感じたが、回線はまだつながっていた。

「ごめんなさい。でもそれはだめ」

礼那が言う。

「もしもし？　何がだめなの？　礼那？」

「だって、もしいつかちゃんに代ったら、ママはいつかちゃんを怒るでしょう？　それはだめなの」

理生那は虚をつかれる。

「いいから代りなさい。怒ったりしないから」

咄嗟に言ったが、自信はなかった。

「もう切らなきゃ」

あかるい声に戻って礼那が言う。

「またかけるね。パパと譲によろしく言っ」

「だめ」

理生那はさえぎった。

「……てね。キスキスキス、ハグハグハグって伝えて。もちろんママにもだけど」

「待って、礼那、切らないで」

お願いだから、と続けたときには、電話はもう切れていた。

駐車場にならんだ車のボンネットが、日ざしを反射させて光っているのを、ダイナーのガラス越しに逸佳はぼんやり眺める。目玉焼きとベーコンとハッシュドポテトというヴォリウムのある朝食を、身体に収めたところだ。ヨークに来て三日目、きょうはキタリーへとまた移動する予定だ。そこまで行ってしまえばニューハンプシャー州は目の前のはずで、地図で見る限りメイン州よりずっと小さいその州を、手段はわからないがどうにかしてひと回りすれば、旅の一つ目の目的だった、礼那の好きな小説の舞台を訪ねることはクリアできる。そのあとは西部に向うつもりだった。どこか大きな街から、アムトラックかグレイハウンドに乗って。
アンジェラ事件——オートバイと男の子たち、バーと小屋にまつわる一連の出来事を、礼那と逸佳はそう呼んでいる。三日のあいだのどこかでそうなった——以降、旅は順調だ。生れてはじめてのヒッチハイクも成功したし（乗せてくれたのは二十代のカップルだった）、この街では、またしても海辺のホテルに部屋がとれた（だからもちろんビーチボールも、バドミントンもフリスビーもできた)。

「おかわりは?」

そばに来たウェイトレスに尋ねられ、

「ノー、サンキュー」

とこたえる。この手の店で、果てしなくコーヒーを注いでもらえることに、逸佳はいまだに慣れなかった。

電話から戻った礼那が席に坐る。

「理生那ちゃん、いた?」

両親がそう呼ぶので、逸佳は叔母を、昔からそう呼んでいる。

「いた」

礼那はこたえ、カップの底に残っていたミルクコーヒーをのみ干す。

「怒ってた?」

家に電話をするように言ったのは逸佳だった。オーガンクィットのホテルで携帯電話の電源を入れたとき、叔母からの着信とメールが合せて十二件も入っていたからだ。

「たぶん」

礼那は言って、肩をすくめる。

「でもそれはわかってたことだし、始めたことはやり遂げないとね」

そう続け、にっこりした。

「よかった」

心から言い、逸佳も笑みを返す。もし礼那が帰りたいと言ったら、自分一人で旅を続けようと決めていた。ニューヨーク行きのバスか列車に礼那だけ乗せて、叔母に連絡して迎えに行ってもらおうということまで考えていた。でも――。二人の方が断然いい。最初に旅の計画を立てたときには、一人よりも心細くないし、気心も知れているので互いに楽だろうと思っただけだったのだが、いまは二人一緒でないと意味がない気がしている。何もかもを、逸佳は礼那と二人で見たいのだった。

「この街を離れるのは残念だな」

布の袋をごそごそかき回しながら、礼那が言った。

「きのう行った遊園地、すごくたのしかったよね」

と、遠い思い出をなつかしがるような口調で。小さな、古めかしい遊園地だったが、この時季にもまだ営業しており、綿菓子や射的の屋台もでていた。曇り空で、人もまばらで閑散としたそこで、逸佳と礼那は二時間ばかり遊んだのだった。

「また来ればいいじゃん」

逸佳は言ったが、それは違うとわかっていた。いつか、また来ることは可能だろう。可能だろうが、そのときには、物事は全然違ってしまっているはずだ。きのうの遊園地はきのうにしかないのだし、それはもう通り過ぎてしまった。

「また来る？」

尋ねられ、それでも逸佳は、

「もちろん」

とこたえる。ずっと先にもまたきのうがやって来ると思っているかのように躊躇なく、

「もちろん。また来よう」

と。

袋からとりだしたリップクリームを塗っていた礼那は、瞬時に笑顔になる。

「じゃあ出発してあげてもいいよ」

もったいぶってそう言って、袋にリップクリームを放り込んだ。

高速道路の入口に立ち、礼那は両手でサインボードを掲げている。ひらいた両足に力を込め、道の端ではあるが、精一杯の仁王立ちだ。オーガンクィットでは一台目の車がすぐに停まってくれたのだが、ここではもう二台行ってしまった。
WE WANT TO GO TO KITTERY
マイケル手製のボードは、行き先を書いた紙を貼り替えたばかりだ。

「近すぎるってこと、あるかなあ」

九十五号線をボストン方面に向う車は例外なくキタリーを通るはずで、それなのになぜ停まってくれないのかわからなかった。

「交代しようか？」

いつかちゃんに訊かれたが、礼那は首をふった。空が青い。遠くに見える水が海ではなく川だということは、ここまで乗せてくれたカップルに教わった。九十五号線が、ここヨークを境に、有料道路のターンパイクから、無料のインターステイトハイウェイに変ることとも。

「来た」

いつかちゃんが言い、礼那はさげていた腕を慌ててあげる。水色の、ひらべったい車がスピードを緩め、目の前で停まった。

「やった」

いつかちゃんが呟く。

乗っていたのはサングラスをかけた女の人で、助手席側の窓をあけると、

「乗って乗って、早く早く」

と、何も訊かずに急立てた。カモンカモン、ハリアップ、ハリアップ。手で自分に風を送るみたいな、せわしない動作つきで。

礼那が助手席に、いつかちゃんと、黄色いビニールのショッピングバッグ（なかに、海で遊ぶ道具が入っている）が後部座席に収まると、きつくパーマのかかった髪をカチューシャで留め、サングラスをかけたその痩せた白人女性はすぐに車を発進させた。

「ジョーンよ」

礼那をほとんど見もせずに言う。

「ありがとう、乗せてくれて」

礼那は言って、シートベルトを締めたが、ジョーンは締めていなかった。

「私はレーナで、彼女はイツカ。私たち、いとこ同士なの」

たいていの人はそれを聞くと、何か――へえ、いとこなんだ、とか、どうりで似てると思った、とか、ワオ、とか――言ってくれるのだが、ジョーンは無反応だった。聴取者と電話がつながっているらしいラジオ番組が流れていて、ジョーンはハンドルにしがみつくように運転しながら、

「キタリーね」

と前を見たまま呟いた。待って、待って、トウモロコシを九本もですか？　八歳の男の子が？　と、ラジオのなかで男の人が言っていた。ええ、と肯定する女性の声は陰気で、疲れているように聞こえた。彼の父親は構わないって言うんです。よくたべるのはいいことだからって。このあいだもホットドッグを十二本――。

「よくないわ」

ジョーンが言う。

「そんなの、その子の身体によくない」

Yeah（そうね）と礼那は肯定したが、ジョーンの耳には届かないようだった。うしろで、いつかちゃんが地図をひらく音がする。たぶん標識を確認しているのだろう。

「あなたはどこまで行くんですか？」

礼那は訊いてみた。キャスから、ヒッチハイクをしたら〝適度なお喋り〟をするのが礼儀だと教わったからだし、乗せてくれたときの様子からして、このひとはいいひとに違いない気がしていたからでもあったのだが、サングラス越しにちらりと礼那を見たジョーンの返事は、

「それはあなたに関係ないでしょう」

だった。Yeah（そうですね）と、仕方なく礼那はまた肯定する。いいえ、息子は小柄で痩せています、彼の父親はかなり大きいですけれど、と、ラジオのなかの女性が言った。

ジョーンは何も尋ねなかった。礼那たちの年齢も国籍も、キタリーで何をするつもりなのかも。

「キタリーよ」

出口の手前で車を停めて、そう言った。

「ありがとう、乗せてくれて」

礼那はもう一度感謝を伝えて車を降りた。前後のドアが両方とも閉まるや否や、ジョーンは車を発進させた。

「まずホテルを探して荷物をあずけよう」

いつかちゃんが言い、歩き始める。太陽がまぶしい。従姉のあとをついて歩きながら、礼那はジョーンの口真似をした。

「カモンカモン、ハリアップハリアップ」

声にだすと元気が湧いて、足も速まる気がした。それでくり返し唱える。

「カモンカモンカモン、ハリアップハリアップハリアップ」

また新しい街だ。どんな景色で、どんなたべものがあって、どんな人が住んでいるのだろう。

「いつかちゃん、れーな、またわくわくしてきたよ」

礼那は言い、鼻の穴をふくらませて、新しい街の匂いをかいだ。


接待の会食があり、日本酒をすこしのみすぎてしまった。先に寝ているように言っておいたのに、理生那はまだ起きているようだ。リビングは暗いが、台所からはあかりが漏れ、ひどく甘い匂いが漂ってきて、潤は胸やけしそうになる。こんな時間に、妻はパンだかケーキだかを焼いているのだろうか。

「ただいま」

台所をのぞいて言うと、食卓の椅子に坐った理生那が、読んでいた雑誌から顔をあげた。

「おかえりなさい」

潤の顔をさぐるように見て、

「コーヒーかお水か、のむ？」

と訊く。

「いや、いい。何を焼いてるんだ？」

オーヴンに視線をやって尋ねると、理生那はクッキーだとこたえた。

「チョコレートのと、シナモンのと。ハロウィン用に、たくさん焼いたの。近所の子も、譲の学校の子たちも来るから」

「なにもこんな夜中に焼かなくてもいいだろうに」

甘ったるい匂いのせいで頭痛がしそうだ、という言葉は辛うじて口にださなかった。

妻に謝る必要があるとわかっていた。

「やっぱりもらおうかな、水を」

潤は言い、妻の向いに腰をおろす。

「昼間は悪かった。ちょっと、言い過ぎたよ」

　理生那は潤をじっと見つめただけだった。立ちあがり、冷蔵庫をあけて水をとりだす。

「あしたは買物に行かなくちゃならないし、あさっては教会の人たちが来るから」

　理生那は水をグラスに充(み)たしながら言い、潤は会話を見失う。昼間の、電話でのやりとりについて話していたのではなかっただろうか。礼那から電話があったと報告され、それなのに何もできなかったと聞かされたとき、潤はついかっとして、言うべきではないことを口走った。どうしてそう役立たずなんだ？　本心だが、口にすべきではなかった。

「だから今夜焼いておくしかなかったの」

　グラスが目の前に置かれる。何の話かわからなかった。

　すぐに帰ってくるよう言い渡せなかったばかりか（それでは親として失格だと潤は思うが）、どこにいるのかも、いつ帰るつもりなのかも問質(といただ)せなかったというのだから、親として以前に大人として、役立たずだ。

　思いだすと、怒りが再燃した。せめて、父親の携帯電話にかけさせるくらいの機転をきかせられなかったのだろうか。パパに電話しなさい。そう言えば、礼那はかけてきたはずだ。

　それにしても、ハロウィン？　クッキー？　買物？　潤には、妻がなぜそんなに落着き払っていられるのかわからなかった。姪に娘を連れ去られたというのに――。礼那のことばかりではない。理生那には昔から、何を考えているのかわからないところがあった。子供たちにも、夫である自分にさえも、胸の内をあかさないようなところが。アメリカに来て以来、その傾向が強まったと潤は思う。クリスチャンでもないのに教会に通い始めたころから。

妻はオーヴンの様子を確かめ、再び椅子に坐り、雑誌を手にとる。

よくそんなものが読めるな。

そう言わないでいるために、すでに使い果しかけている自制心をかき集めた。

「礼那、元気そうだったわ」

雑誌から顔をあげずに理生那は言った。

「あなたに、キスキスキス、ハグハグハグって伝えてほしいって」

「それは昼間聞いたよ」

「ええ、言ったわ。でもあのときあなたは頭に血がのぼっていたから、いま聞けば、もうすこし違うふうに受けとめてくれるかもしれないと思ったの」

潤は肩をすくめた。どんなふうに受けとめることを期待されているのかわからなかった。

「もう寝るよ。おやすみ」

それでそう言って立ちあがると、ねえ、と呼びとめられた。

「あの子たちが帰ってきたら、あなた逸佳を叱る？」

「二人とも叱るさ。あたりまえだろう」

潤はこたえ、台所をでた。


街の様子を把握するための散歩、朝食が大きかったので昼食は抜いて、またしても海辺でのビーチボールとフリスビー。フランス国旗とおなじ三色のビニールでできたビーチボールは、低い球をレシーブで返し、高い球を緩やかなアタックで返すという方法で、百二回まで続けられた。ついにどちらかが落としてしまったときの、落胆と安堵がいっぺんにくる気持ち——。

「ごめーん」

謝りながら、転がるボールを追いかけて拾う礼那を、逸佳はその場に立ったまま眺める。拾ったボールを、礼那がばんばんたたきながら戻る様子も——。砂を払うためというより、ああやって、ぱんぱんに張りつめたボールの感触をたのしんでいるのだ。

「じゃあ次は百二十回目標ね」

礼那の声は弾んでいる。

もうすぐ十一月だというのに、海にはまだサーファーがちらほらいる。波は全然高くないが、みんなひっそりと地味に海上に散らばり、その低い波に乗れたり乗れなかったりしている。

ボールと回数に集中しながらも、風景は目の端に映り続ける。波、空、サーファーたち、砂浜、高い位置に見えるガードレール、その向うの道、路上駐車された車――。

ビーチボールの醍醐味は音だ。どう打っても手は痛くならないので、安心していい音がだせる。四十七、四十八、四十九、五十……。

六十回を過ぎたあたりで逸佳は緊張し始める。目標百二十回とはいっても、まず百回に達するかどうかが一つのポイントであることに変りはなく、そうすると、百の直前でミスをするくらいなら、いまミスをした方がいいような、変な気持ちが兆すからだ。あり得ない、と自分でその気持ちを否定して、七十二、七十三、七十四、と逸佳は来るボールを打ち返す。すでに風景を見る余裕はなく、上ばかり見ているので首が痛い。七十五、七十六、七十七……。緊張に耐えかねて、あるいは緊張している自分が可笑しくて、こみあげる笑いを辛うじて抑え込むと、礼那の笑い声が聞こえ、笑いながら力任せに打ったらしいボールが逸佳の肩にぶつかって落ちた。

「だめじゃん笑っちゃ」

自分でも笑いだしながら逸佳は言い、足をもつれさせながら、何とかボールを拾いあげる。

「なんでかなあ。なんでどきどきすると笑っちゃうのかなあ」

礼那はなおも笑いながら首を傾（かし）げる。

「そろそろチェックインする？」

腕時計——二時半になるところだ——を見て、逸佳は言った。そして自分の目を疑う。荷物を置いたはずの場所を見ても、そこに何もなかったからだ。

「いいよ。じゃあチェックインしよう」

「れーな、大変、荷物がない」

声はだしたものの、思考は停止していた。そんなことがあるだろうか。おもに衣類が入った二つのリュックサック、くたびれた布の袋、バドミントン・ラケットの柄がつきだした、黄色いビニールのショッピングバッグ、黒いゴミ袋に入った、手製のヒッチハイク用のサインボード——。それらがいっぺんに失（な）くなるなどということが？

「うそっ」

礼那の声も強張（こわば）っていた。が、数秒後には緩んで、

「いつかちゃん、あっち」

と言う。一体なぜ、と思うくらい離れた場所に、それは見えた。なつかしい、紺色と紫色のものが。すぐ横でボールを打ち合っていたつもりが、いつのまにか移動してしまっていたらしい。

「びっくりしたー」

礼那が言い、おなじ言葉を逸佳もくり返す。荷物のもとに戻り、ビーチボールの空気を抜いて、リュックを背負った。


普通の会社の入っているビルみたいな見かけで、植込みもなければドアマンもいない。

「ほんとにここにするの？」

いつかちゃんに訊かれた。

「する」

礼那はこたえる。最初に目に入ったホテルに泊ろうと提案したのは礼那だったし、このビルの壁には、〝HOTEL〟と書かれた看板が、確かにくっついているのだから。ガラスのドアを押しあけると、なかは随分薄暗かった。おもてはあかるく晴れているのに。

「こんにちは」

左側の壁ぞいに小さなカウンターがあり、なかにおじさんが立っていたので礼那は言った。黒い髪に褐色の肌、インド系の顔立ち。おじさんは何も言わない。

「お部屋、空いてますか？」

いつかちゃんが前にでて訊くと、空いているともいないともこたえずに、ただ、

「パスポート」

と言った。黒と白の市松模様の床、家庭用としても小ぶりな、個性のない応接セット。殺風景なロビーは、ホテルというより病院を思わせた。あるいは、礼那がアメリカに来て最初に通った日本人学校のエントランスを。見た限りカフェもレストランも併設されていないのに、なぜだか冷めたパスタみたいな匂いがした。

「ジャパニーズ？　トーキョー？」

おじさんが、いつかちゃんに訊いている。

「部屋は三階、エレベーターは奥、朝食は二階の食堂で、七時から九時まで」

すくなくとも匂いのでどころはわかった。

部屋は狭くてそっけなかった。幅の狭いベッドが二台、正面に鏡のついたデスクが一つ、あかない小さな窓が二つ、バスタブはなくてシャワーだけ。

「まあ、一泊だけだからいいか」

いつかちゃんが言う。

「いいよ」

礼那もこたえ、ダウンジャケットを脱いでクローゼットに吊るす。テレビをつけると調理器具の実演販売中だった。順番にバスルームを使い、手も顔も洗ってさっぱりすると、礼那はベッドに腰掛けて、リースチョコレートを一口だけかじった。残りは小袋に戻し、口をヘアクリップでとめておく。

「ちょっと休憩したら、買物に行こう」

いつかちゃんが言った。

「国道一号線ぞいに、アウトレットの店が幾つもあるらしいから」

と。いつかちゃん（のガイドブック）によれば、キタリーは〝アウトレットショップが集まることで有名〟で、〝約百二十のブランド店が集まり、常時二十から六十パーセント引きのセールを開催している〟らしい。

「スーパーマーケットにも寄れる？」

礼那が訊くと、いつかちゃんは、

「もちろん」

とこたえた。

それで、また外にでたのだった。日はまだ高く、荷物がないので身軽で、礼那は力強い気持ちだった。なんでもできるぞ、というような。

キタリーは静かな街だ。これまでに通過したどこよりも静かで、どこよりも地味。小さくて古めかしいビルが建ちならぶ、コンクリート舗装された道。観光客らしい人の姿はなく（だから礼那は自分たち二人が、ひどく目立っているような気がした）、歩いている人はみんなここで生活している人に見える。ようやくスーパーマーケットを見つけたあとも、荷物が重くなるのでそこには帰りに寄ることにして、さらに歩き続けた。

ときどき遠くに川が見える。川は青くて、海みたいに小波（さざなみ）が立っていて、その三角形の一つ一つが日を浴びてきらめくのだが、

「きれい」

と言ったときには建物にさえぎられて見えなくなっている。最初のうちは、いちいち戻って（建物のすきまから）眺めたりしていたのだが、そのうち飽きてやめてしまった。単調な街なみを、もう一時間近く歩いている。さびれた自動車修理工場、モーテル、ガソリンスタンド。景色はどんどん侘しげになっていく。

「なかなか着かないね」

不安になり、礼那はつい口にだした。

「誰かに訊いてみる？」

提案したが、歩いている人の姿すら、いつのまにかなくなっている。仕方なく、さらに歩いた。車だけが、ときどき現れては二人を追い抜いていく。ヒッチハイク用のサインボードをホテルに置いてきたのが残念だった。あれがあれば、車に停まってもらえたかもしれない。

自分でも気づかないうちに、礼那はうつむいて歩いていたらしい。隣でいつかちゃんが息をのむのが聞こえた。

「れーな、見て」

と言う。

それは、川だった。見えたり隠れたりしていたあの川が、いきなり目の前いっぱいに広がっていた。

「すごい！」

どこまでも青い水は分量が多すぎて、礼那には、川ではなく海だとしか思えなかった。海辺の街の川だから、海に染まってしまったのだとしか――。

自分たちの歩いている幅の広い道路が、そのまま橋になって前方にのびている。

「渡る？」

尋ねられたが、返事をする必要はなかった。渡らないわけがない！　いつかちゃんもおなじ気持ちだとわかったし、さっきまで歩き疲れていた足も、存在しないみたいに軽くなっていた。

風がつめたい。とてもほんとうとは思えない光景だった。橋は長く、足の下は見渡す限り水で、夕方の空には鳥が飛んでいた。

「こんなのってあるかな」

礼那は途中で止まって深呼吸した。自分をひどく小さく感じ、でもその小ささが気持ちいいのだった。

「美しい。だろう？」

路肩に車を停め、立って景色を眺めていたらしいおじいさんが言った。

「はい!」

いつかちゃんと声が揃う。おじいさんは満足そうに目を細めて笑った。

「あの、この川はピスカタクワ川ですか?」

いつかちゃんは尋ね、おじいさんが肯定すると、口を思いきりへの字にした。

「どうかしたかね」

おじいさんが訊く。なんでもありません、とこたえたいつかちゃんの顔は、でもはっきりと、なんでもありそうだった。

「ごめん、れーな、反対だった」

と言う。

「国道一号線を、私たち、アウトレットと反対の方向に歩いてきちゃった」

と。

「えーっ」

礼那も大きな声をだしたが、道を間違えたショックよりも、いま水の上に立っていることの不思議さとおもしろさの方が強く、アウトレットはもうどうでもいいような気がした。薄いピンク色の空だ。

「橋を渡るとニューハンプシャー州だよ」

いつかちゃんが言った。この橋が、州の境目なのだった。

「すごい！」

礼那は興奮する。

「私たち、歩いて州を越えちゃうんだね」

いつかちゃんは同意しなかった。

「これ以上行くと、戻るのが大変になるよ」

確かにそうだった。どっちみち、あしたになればまたこの橋を（今度は最後まで）渡って、ニューハンプシャー州に入るのだから、いまはたぶん、ひき返す方がいいのだ。

礼那は景色に目を戻した。つめたい空気をすいこむ。

バイバイ、ニューハンプシャー。あしたまた来るからね。

胸の内で言い、

「じゃあ戻ろう」

と、いつかちゃんには声にだして言った。


ながい散歩になってしまった。

マサチューセッツナンバーの車に乗ったおじいさんと別れ、来た道をひき返しながら逸佳は思った。

「ほんとうに、ごめん」

真逆に歩いてきてしまったことを、礼那にもう一度謝る。地図担当として面目ない気持ちだった。

「全然いいよ」

礼那はこたえる。

「きれいな景色見たし」

と。それから礼那の発案でしりとりをしながら、キタリーの中心部までひたすら歩いて戻った。

スーパーマーケットにたどりついたときには足がかなり疲れていて、逸佳は一刻も早くホテルに戻って靴を脱ぎ、ベッドに寝そべりたい気持ちだったが、礼那はお菓子の棚を物色するのに、驚くほど時間をかけた。何十種類もあるクッキーやチョコレートのパッケージに目をこらし、気になったものは手に取って写真を見較べたり、原材料や味の説明を読んだりして、でもまた注意深く棚に戻す。その姿は真剣そのもので、逸佳は感心してしまう。海で遊ぶ道具を選んだときもそうだった。遊ぶものは大事――。

けれどいま、逸佳が理解に苦しむのは、礼那に、お菓子を選んでも買うつもりがないらしいことだった。

「これとこれ、どっちがおいしいと思う?」

そう訊かれ、

「こっち」

と逸佳が片方を指さしても、

「やっぱりね」

と言って、その商品をまた棚に戻してしまうのだから。

「買えばいいじゃん」

促しても、

「今度」

とこたえる。今度――。

それでいて、棚の前から動こうとしないのだ。礼那をそこに残して、逸佳はスーパーマーケットの奥に進む。水とコーラ、ウェットティッシュ（使い果したと礼那が言ったので）、それに小ぶりな梨を二つ選んでカゴに入れた。キッチン雑貨のコーナーに、袋の口を留めるためのクリップがあったので、それも入れる。礼那が、ヘアクリップで代用しているのを見たからだ。

会計を済ませておもてにでると、すっかり暗くなっていた。

「なんで急に夜？」

礼那が言う。

「寒いね。それに、なんだかよそよそしい匂いがする」

と。

「よそよそしい匂い？」

訊き返すと、礼那は帽子を目深にかぶり直して、

「冬の匂い？」

と語尾をあげてこたえた。

「よその街の、冬の匂いがする」

さっきまで点いていなかったか、点いていても気づかなかった街灯の光が、いまは煌々とあかるい。逸佳は、早く帰って熱い風呂に入りたかったが、きょうのホテルにはシャワーしかないことを思いだした。

夕食は、相談の結果、ホテルの〝二階の食堂〟に行くことにする。絶対にパスタがあるはずだと、なぜだか礼那が確信を持って主張したのだ。


目がさめると雨が降っていた。部屋のなかが薄暗く、さわさわと、空気をふるわせて降る雨の音が、あかない窓ごしにも聞こえ、ああ、きょうは雨なんだと、礼那はベッドのなかで、はっきりとそう思った。が、そのあとまたすぐに眠ってしまったらしく、

「れーな、起きて。もう九時だよ」

と従姉に揺り起こされたときにはおもてはきれいに晴れていて、部屋のなかも、のんびりとあかるかった。

「あれ？　さっき雨降ってなかった？」

尋ねたが、

「知らない。さっきっていつ？」

と訊き返された。

「それよりコーヒーもらってきたよ。パンも」

礼那はいきなり目が冴える。布団をはねのけて起きあがった。

「えーっ、朝食、一人で行ったの？　ずるーい」

いつかちゃんは呆れ顔をする。

「何度も起こしたけど起きなかったんでしょ。一人で行ってってって、あんたが言ったんじゃん」

まったく憶えていなかった。パジャマ代りのTシャツの上にバスローブを羽織ると、礼那は仕方なくコーヒーをのみ、ぱさぱさのパンにバターとジャムをつけてたべた。ゆうべのパスタもそうだったが、このホテルの料理はあまりおいしくない。

「箱、フロントのおじさんからもらってきたよ」

いつかちゃんが言い、見ると隣のベッドの上に、段ボール箱とガムテープが置いてあった。

「よかった」

礼那はこたえる。荷物が増えてきたので、もう使わない地図やガイドブック（いつかちゃんが買込むので、何冊もあった！）、海で遊ぶための道具や、ボストンで買ったベンチコートをUPSで家に送ることにしたのだ。発送元の住所でこのホテルがばれてしまうけれど、荷物が着くころにはもう遠くに行っているので構わないことにした。

順番にシャワーを浴び、荷物をだしたらチェックアウトして、きょうはほんとうに、ニューハンプシャー州に行くのだ。


普段は自宅近くの教会に通っているので、ここに来るのはひさしぶりだった。真白なペンキを塗られ、周囲を枯れた芝生に囲まれた、木造の小さな建造物を理生那は眺める。近所の人々（および学校関係者たち）から、ただ〝チャーチ〟とだけ呼ばれているこの建物は、宗教的な場所というよりある種の公共施設、とくに子供たちのための場所として機能していた。いま現在はどうだかわからないが、すくなくとも三年前まで、二階は託児所だったし、三階にはホワイトボードのある小さな教室が二つあり、当時小学生だった礼那の英語の補習授業が、週に三回、そこで行われていた。一階のエントランス部分の壁に始まり、階段の両側の壁にも、二階三階の廊下の壁にも、子供たちの描いた絵や神さまへの手紙、バザーその他教会の催しの案内や、ギター売りますとかスペイン語教えますとかの個人広告が所狭しと貼られていて、娘の授業が終るのを待つあいだ、理生那は熱心に読んだものだった。エアコン設備がないため、夏のあいだは窓も戸もあけ放たれていて、風が通って気持ちがよかった。

いつ初雪が降ってもおかしくないような、秋も終りかけのいま、扉はぴったり閉ざされている。が、理生那の記憶にあるとおり、鍵はかかっていなかった。押しあけると、木製の扉はぎいっと音を立ててあいた。なかに入ると薄暗く、乾いた木と紙とインスタントコーヒー、それにクレヨンの混じった、以前とおなじ匂いがした。なつかしいというより、過去に迷い込んだような気が理生那はする。二階が騒々しいのも、壁一面の貼り紙も変っていない。エントランスに昔から置いてあるテーブルには段ボール箱が二つ載っていて、パーティ用品――ハッピーバースデイと、アルファベットがつながった形で切り抜かれた壁飾りや、きらきらした素材のテーブルクロス、紙コップや紙皿、動物の仮面、ティアラなど――がぞんざいに詰め込まれている。

礼那は二年、譲は一年ここに通った。礼那の二年目と譲の一年間は重なっていて、授業を終えて教室からでてくるとき、二人はいつも手をつないでいた。礼那がいま〝旅〟にでていようといまいと、あの小さな子たちはもうどこにもいないのだということに、気づいて理生那はふいにたじろぐ。

「ハロー」

階段をおりてきた、若い女の子が言った。

「何かお手伝いしましょうか？」

と。たぶんボランティアの学生だろう、長い金髪をポニーテイルにし、大学のロゴのついたウインドブレーカーを着ている。理生那は挨拶を返し、昔、子供たちがここに通っていて、なつかしくなって寄っただけなのだと説明した。女の子は晴れやかに微笑み、

「ごゆっくり」

と言ってでて行った。きしむ木の扉が、自分のうしろでばたんと閉まるのに任せて。

理生那はおなじ一階の、一段低くなったメインホールに足を踏み入れる。簡素なベンチの一つに腰をおろして、正面の十字架を見つめる。磔刑像も復活像もついていない、シンプルなラテン十字だ。頭をたれ、短い祈りを口にした。が、それは定型の文句で、それ以上に個人的なこと——たとえば、礼那と逸佳をお守りください、とか——を祈ったわけではなかった。理生那がゆだねたいのは自分自身であって、娘たちの安否を、神にゆだねたくはなかった。

マンチェスターのホテルにチェックインすると、礼那はお風呂に入りたいと言った。洗濯をしたいし、ゆうべはシャワーだけだったから、と。それで逸佳は礼那を部屋に残

して、散歩にでることにした。ニューハンプシャー州マンチェスター。これまでの街もそうだったが、ここも、未知の街だ。もっとも、親切な〝ハリスさん〟が車で中心部をひと回りしてくれたので、だいたいの感じ――地味、建物がみんな古そう、海辺の街ではない――はつかめている。ハリスさんによれば、「ニューハンプシャーらしい景色をたのしみたければ、もっと北に行かなくちゃだめ」らしい。自然豊かな湖水地方や、紅葉の名所であるカンカマガスハイウェイ、それに、「天国かと思うくらい空気も景色もすばらしい」ホワイトマウンテンズ。逸佳にすべてわかったのは、日本語だったからだ。

前日の経験上、歩くことも可能だとわかってはいたが、昼に近い時間のキタリーで、逸佳と礼那は予定通りヒッチハイクをした。だいぶ送り返したとはいえ荷物があったし、橋を越えてすぐの港町ポーツマスよりも、できれば先まで行きたかったからだ。サインボードを掲げる姿がすっかり板についた礼那は、三台目で車を停めた。乗せてくれたのは助手席に息子を乗せたお母さんで、日本人だった。ハリスです、と苗字で（そして日本語で）名乗ったその女性はアメリカ人と結婚して、マンチェスターに住んでいるそうだった。髪の短い小柄なひとで、「こんなところで日本人の女の子二人がヒッチハイクしている」ことが、「信じられない」と何度も言った。

礼那以外の相手と日本語で話すのはひさしぶりで、逸佳の旅先にいる感覚はやや混乱した。ハリスさんの日本語があまりにも日本的で、返事をする逸佳の思考もたちまち日本でのそれになり、自分がいまどこにいるのか、わかっているはずなのにわからなくなりそうだった。ハーフの息子のたべていたお菓子が、小袋入りのかっぱえびせんだったせいもあるかもしれない。ともかくあの車のなかは日本みたいだったと逸佳は思う。ホテルもお店もレストランもこのへんに密集しているとハリスさんに教わった、エルム通りを目的もなく歩きながら。

随分立派な建物だなと思ったら、市庁舎だった。レンガ造りで、時計台を備えている。たぶんこれは目印になる、ここまで来ればホテルが近いということの——。

いつのまにか、空には雲が低く垂れ込めている。そういえば、今朝雨が降ったと礼那が言っていた（夢かも、とも言っていたが）。空気がつめたく、風景が侘しげに見えた。ニューヨークみたいな都会ではもちろんないが、ここは普通に都市だと逸佳は思った。その証拠に、みんな速足で歩いている。銀行、オフィスビル、チェーンのファストフード店。大きな交差点で信号を待ちながら、これまでに通ってきた海辺の土地の印象が、急速に遠ざかるのを感じた。

最初、それは目立つ色彩として、目にだけ入ってきた。けばけばしい、と言って悪ければ、十分に安っぽいピンク、そして銀色。目に入っているものと記憶が結びついたとき、逸佳にはただ信じられなかった。純粋な喜びというものがもしあるなら、それが突きあげ、それに貫かれたのだと逸佳は（あとになって）思う。そうでなければ説明がつかないからだ。自分がファストフード店のなかに入り、躊躇もなくまっすぐ窓際のテーブルに進み、その男の前に立ったことの。

せっかく洗濯したのに、雨が降りだしてしまった。午前中はあんなによく晴れていたのに。ゆっくりお風呂に入り、全身いい匂いになった礼那は、大きすぎるバスローブにくるまって窓の外を見る。でも、洗濯したのは下着と靴下だけだし、ラジエーターの上にならべて干してあるので、いずれ乾くだろう。

喉が渇いたので、冷蔵庫からコーラをとりだしてのむ。のみものは、スーパーで買うまで待った方が安いので、いつかちゃんに小言を言われるかもしれなかったけれども。

窓の外はくすんだ街だ。向いのビルの二階の窓にハロウィンの飾りつけがされている。すこし前まで、ハロウィンには毎年仮装した。譲と二人で、あるいは学校の女の子たちと連れ立って、近所の家々をまわったものだった。ティンカーベルの恰好をしたことも、おしゃれキャットの耳としっぽをつけたこともある。たのしかったし、もらったお菓子のなかにリースチョコレートが入っていれば、〝ビンゴ〟な気持ちにもなったけれど、中学に入ってからはやめてしまった。子供っぽすぎるからだ。コーラで湿った自分の息で、ガラス窓がくもる。いつかちゃんはなかなか戻ってこない。

ぽってりと厚いカップに入った二杯目のコーヒーを前にして、逸佳は、これは雨やどりだ、と思うことにする。事実、雨が降っているのだし、傘を持っていない逸佳は、いまおもてにでれば濡れねずみになってしまうのだから。

クリス――という名だということは、さっき知った――は、編みかけの何かを無造作に袋につっこみ、おもしろそうに逸佳を見ている。

「じゃあ、二人きりで旅をしてるんだね」

そう、とうなずいて、コーヒーを一口のむ。なんとなく甘くしたくなって、一杯目には使わなかった砂糖とミルクを加えた。

「学校はつまらなかったの？」

「つまらなかったっていうか、普通だった」

逸佳がこたえると、クリスは可笑しそうな表情をして、

「普通じゃ、だめだったんだ」

と言う。

「そう」

逸佳は肯定する。

店にとびこんだとき、逸佳は何も考えていなかった。偶然知り合いに会ったような驚きと嬉しさに駆られ、気がつくと男の目の前に立っていた。実際には知り合いとはいえ

ないにもかかわらず。

男は編物から顔をあげ、無表情に、

「ハイ」

と言った。逸佳を憶えていたわけではなく、何か用、という程度の意味のハイだとわかった。

「私、列車であなたを見たわ。あなたは私たちの荷物を見ていてくれた」

逸佳が言うと、一瞬まができたが、

「憶えてるよ」

という返答があり、すぐに続けて、

「調子はどう？　たのしんでる？」

と訊かれた。言葉は親しげなのに男は依然として無表情で、そのことが逸佳には好ましかった。愛想笑いのようなものの一切ないことが。「ここに坐ってもいい？」と尋ねたとき、「もちろん」とか「どうぞ」とかではなく、ただ「オーケイ」とこたえたところも。

「で、普通じゃないものは何か見つかった？」

クリスが訊く。大きな男の人だ。ファストフード店の小さな座席は窮屈そうに見える。

「どうだろう。普通じゃないものを探してるわけじゃないから」

逸佳はこたえ、肩をすくめた。こんなふうに、知らない相手と気負いなく話せていることが不思議だった。不思議だが、奇妙に自然でもあった。それに、逸佳にはクリスの英語がよくわかった。わかりすぎて、日本語で会話をしているような錯覚に陥りそうなほどだった。

クリスは「すぐそこ」のアパートに住んでいて、夏はトレッキングの指導員、冬はスキーの指導員として働いているけれども、いまは「秋期休暇中」だそうだった。ボストンに「お母さんのようなもの」（というのが何のことかはわからなかったが）が住んでいて、毎週末会いに行っており、逸佳と礼那が見かけたのは、ボストンからの帰りの列車内の彼だった。車の方が便利だけれど、クリスはいつも列車を使う。なぜなら、列車なら移動中に編物ができるからで、編物は「趣味というより精神安定剤のようなもの」なのだそうだ。

「そんなに精神が不安定なの？」

尋ねると、今度はクリスが肩をすくめた。

「僕はあまり社交的な人間ではないから」

と、質問から微妙にずれたこたえが返る。雨はまだあがっていないが、だいぶ小降りになっている。これ以上遅くなれば礼那が心配するだろうし、二杯目のコーヒーもほとんどのみ終えてしまった。

「そろそろ行かなきゃ」

逸佳が言うと、クリスは、

「オーケイ」

とこたえた。

「話せてたのしかったよ」

と、とても淡々とした口調で。

「私も」

逸佳は言い、立ちあがったが、別れ難い気がふいにした。それで、コーヒーカップの載ったトレイを両手で持ったまま、逸佳は生れてはじめてのことをした。

「私たち、また会える？」

と訊いたのだ。クリスは意外そうな顔をして、

「また会いたいの？」

と、単刀直入すぎると逸佳の思う訊き返し方をする。

「イエス」

トレイごしに、逸佳ははっきりとこたえた。

髪にもコートにも雨粒をいっぱいつけて帰ってきたいつかちゃんは、帰ってくるなり、

「アムトラックで編物していた男の人を憶えてる?」

と訊いた。訊いたくせに礼那の返事を待たず、

「その人に会ったよ、いま、市庁舎の先のバーガーキングで」

と続ける。

「誰? バーガーキング? いつかちゃんハンバーガーをたべてきたの?」

きょうも昼食は抜きだったので、礼那は空腹だった。もうすぐ夜ごはんだと思って、お菓子をたべるのもがまんしていたのだ。

「たべてないよ。雨やどりして、コーヒーをのんだだけ」

「よかったー」

今夜は、ハリスさんが「絶対おすすめ」と言って礼那のノートに書いてくれた二軒のレストランのうちの、どちらかに行く予定になっているのだ。「バッファローウィングが絶品」の〝レッドアロー〟か、「お洒落な店で、ラビオリがおいしい」〝コットン〟か。

「しかし寒いね。凍えた。ごはんに行く前に私もお風呂に入るから、ちょっと待ってて」

いつかちゃんは言い、バスルームに入って行った。

それで、礼那が〝クリス〟について聞いたのは、レストランに着いてからだった。ホテルで聞いたときには唐突すぎて(それに、バーガーキングの方に気をとられて)思い

だせなかったが、列車のなかにいた編物男のことは礼那も憶えていた。がっしりした体格で、半袖のTシャツを着ていて、腕に小さなタトゥーがあった。編物をしていた。そして、トイレに行くとき荷物を見ていてもらった。

「私たちのこと憶えてた？」

　尋ねると、

「憶えてた」

　といつかちゃんはこたえ、

「ていうか、言ったら思いだした」

　と言い直す。

「ふうん」

　いつかちゃんはその人とコーヒーをのみ、話をしたらしい。

「でもなんで？　なんで声をかけたの？」

「わからない」

　いつかちゃんは考え込んだ。

「知り合いに会ったみたいで、なつかしく感じちゃったの。変だけど」

「変だね」

　バッファローウィングは（結局〝レッドアロー〟を選んだ）、ハリスさんの言ったとおり「絶品」においしい。カリカリに焦げていて、何種類ものスパイスの、複雑な風味がして。

「でも、なんで滞在延長?」

マンチェスターには一泊だけして、あしたはまたヒッチハイクで湖水地方に向う。いつかちゃんはそう言っていた。散歩にでる前には——。

「それはきょうが土曜日だから。さっき言ったじゃん。クリスはあしたボストンに行って、月曜日に帰ってくるの。それで、いまは秋期休暇中だから、火曜日以降なら湖水地方でもホワイトマウンテンズでも案内してくれるって」

それはさっきも聞いていた。礼那が訊きたかったのは、なぜその人に案内してもらうことにしたのかで、まあ、誰であれ地元の人が案内してくれるというのなら、断る理由もないのだけれど。

〝レッドアロー〟はすごく素朴な、倉庫かドライブインみたいな見かけの店で、土曜の夜だからか、とても混んで賑わっている。バッファローウィングは名物らしく、どのテーブルの人たちも大量に頼んでいた。たぶん夜どおし賑わうのだろう、おもての看板に、二十四時間営業と書いてあった。

「あしたはクーリエ美術館に行ってみよう」

ガイドブックをめくりながらいつかちゃんが言う。

「日曜日だから、お店なんかは閉まってるし、いい美術館だってクリスも言ってたから。敷地内に何とかハウスっていう建物があって、そこがいいんだって」

「わかった」

「それで、月曜日はちょっと買物をしよう」

いつかちゃんは続けた。

「キタリーでアウトレットに行きそびれたし、冬用の衣類がもっと要るでしょ。クリスが言ってたけど、湖水地方もホワイトマウンテンズもすごく寒いって。紅葉はもう終りで、もしかすると雪かもしれないって」

「わかった」

礼那はまたこたえたが、考えているのはべつなこと、アーヴィングの小説のことだった。『ホテル・ニューハンプシャー』のなかで、パパとママは再会し、ほんとうに出会う。いつかちゃんと編物男も、ほんとうに出会ったのかもしれない。もしそうなら、それは〝すごいこと〟だ。今夜のいつかちゃんは、いつになく饒舌だ。それに、編物男のことばかり話している。

「あのさ」

礼那は好奇心をおさえきれなくなる。

「それって恋とかみたいなことなの？」

指先も口のまわりも油でべとべとにしながら、四本目か五本目のバッファローウィングをたべていたいつかちゃんは、驚いた顔で礼那を見た。

「そんなわけないじゃん」

あっさりと言う。

「ただいいやつなの。年上の人をいいやつなんて言うのは失礼かもしれないけど、ほんとうに、いいやつっていうのがぴったりくる感じなの。れーなも会えばわかるよ」

ふうん。礼那は返事をしたが、ほんとうに「そんなわけない」のかどうかはわからなかった。なにしろここはニューハンプシャーなのだ。

食事を終え、おもてにでると、順番待ちのお客さんがたくさんいた。

「おいしかったかい?」

太ったおじいさんに話しかけられ、

「すごく」

と礼那はこたえる。雨はもうあがっていた。濡れて磨かれたみたいな夜の空気が、揚物でお腹がいっぱいになった身体に気持ちがよかった。

テーブルには逸佳からの四通目の葉書が置いてあり、三浦新太郎は妻と紅茶をのみながら、自分がはじめて一人旅をしたときのことを思いだしている。葉書には、「たくさんお金を使ってしまってごめんなさい。いつか働いて返します」と書かれていた。娘から金を取るつもりはなかったが、働いて返そうというその心掛けは殊勝でよろしいと思った。これまでに届いた三通の葉書はすべて、妻が冷蔵庫の扉にマグネットで留めている（風景写真のものはそちら側がおもてに、印刷されたイラストのものは、文面側がおもてになっていた）。四通目のこれも、すぐにそこに加えられるのだろう。

新太郎のはじめての一人旅の目的地はアフリカ大陸だったが、できるだけ遠まわりをして、多くの国を見たいと思っていた。当時の格安航空券――もちろん一年オープンのもの――は南まわりが普通で、新太郎はシンガポール経由でヨーロッパに入り、数か月かけてヨーロッパを旅してから船で北アフリカに渡った。腹巻き状の貴重品入れを巻きつけ、ポケット版の六か国語会話辞典を手に、リュックサックを背負って。売店のサンドイッチやプレッツェル、市場で買う（少量なので、ときにはただで分けてもらう）りんごやオレンジ、どの国でもそんなものばかりたべていた。金がなかったので滅多にホテルには泊らず、駅や公園のベンチ、建物の入口の屋根つきの階段部分、地下道、トイレの個室のなかなどで眠った（もちろん、新太郎は娘たちにそんな旅はさせたくない。だからこそ、資金は与えているのだ）。新品だったリュックサックが次第に汚れてくたびれ、自分の顔が無精髭に覆われていくことがなんとなく誇らしかったし、たまに安ホテルに泊ったときに、その髭をさっぱりと剃り落とすこともまた気持ちがよかった。二十歳だった。大学を一年休学し、そんな旅をした。そのときに経験した充実感と解放感は強烈で、いったん帰国したあとも、アルバイトをして金を貯めては、休暇を利用してほうぼうへでかけた。インド、中国、ギリシャ、キューバ。

「あの子たち、いまごろどこで何してるのかしら」

紅茶を注ぎ足しながら妻が言った。

「どうだろう」

紅茶は新太郎の好むセイロンティ（リプトンの緑色の缶、と学生時代から決めているのだ）で、華奢(きやしや)な紅茶茶碗ではなく、たっぷりと大きなマグカップでのむのが新太郎の流儀だ。

「友達と長い旅をすると、たいてい喧嘩になるじゃない？」

「そうなのか？」

新太郎にはわからなかった。若いころ、いつも女友達と二人で旅をしていたらしい妻とは違って、新太郎自身は一人旅ばかりくり返していたからだ。

「そうよ」

妻は微笑を含んだ声で肯定する。

「そういうものよ」

と。

「でもさ、きのうの買物はいかにも仲がよさそうだったじゃないか」

　新太郎は妻に思いださせた。

「ブーツ二足、手袋二つ、それから何だっけ、肌着？」

「六枚入りのアンダーシャツ」

たのしそうに妻がこたえた。きのうの買物というのは、きのうクレジットカード会社に問合せたときに判明した買物という意味で、実際に娘たちが買物をしたのはきのうではなくおとといだ。

「そのあと六十四ドルの食事」

　妻は続ける。

「何をたべたのかしらね？」

残念ながら、そこまではわからない。レストランの場合、わかるのは店名――たしか〝コットン〟――と合計金額のみだ。が、それで十分だった。四通目の葉書の消印はメイン州ポートランドだが、そのあと二人がニューハンプシャー州マンチェスターに移動したことを、電話一本で把握できるのだから。

　滝は、ごうごうと音を立てて、三段階になって流れ落ちていた。岩の一部にびっしりと生えた苔（こけ）が、濡れて日を浴びて緑色を際立たせている。滝のすぐ横の遊歩道を、礼那はいまいつかちゃんとクリスと三人で歩いているところだ。

「きれー」

立ちどまり、柵から身をのりだすと、礼那は感嘆の声をあげた。普段よりも大きな声になったのは、そうしないと水音にかき消されてしまうと思ったからだが、

「キレエ?」

と訊き返すクリスの声は、普通の大きさというか、むしろ小声だった。

「ビューティフル!」

礼那は改めて英語で言う。ほんとうに、現実とは思えないくらいきれいな場所だ。半分くらい残っている紅葉は赤や黄色に燃え立つようで、見わたす限り(突然出現した滝を除けば)、木々と空と小道しかなくて、空気の澄み切りかたと言ったら、呼吸するだけで身体じゅう冷水で洗われるみたいで——。湿った木の葉と土の匂いが、鼻や口だけじゃなく目からも肌からもしみ込んでくる気がする。

「ここには誰もいない」

いつかちゃんが、たどたどしい英語で言い、

「もう冬だから」

とクリスがこたえた。

「夏のあいだはたくさんのハイキング客が来るよ」

と。

「サバデイ・フォールズ」

最後に滝の名前を教えてくれて、また歩き始める。きのう、アムトラックで会った編物男――いつかちゃんの言う〝いいやつ〟――のクリスと、礼那は再会した。場所はマンチェスターのバーガーキングで、時間は午前十時だった。クリスの車で湖水地方に行き、ウィニペサーキ湖のほとりでお昼ごはんをたべたけれど、ボートに乗るには寒すぎたので、森のなかに造られた道を歩きながら、クーガーや鹿を観察できる施設に行った。その施設を運営している環境保護団体の、クリスはスタッフなのだった。だから動物のこともよく知っていて、ルーンという鳥について、いろいろ教えてくれたりした。夕方になり、礼那といつかちゃんがホテル（湖のほとりで、ロビーに暖炉があった！）にチェックインするのを見届けて、クリスは自分の家に帰った。高速道路を一時間とばして。それで、今朝また迎えにきてくれたのだから、たぶんクリスはほんとうにいいやつなのだろう。でもあまり喋らないので、いつかちゃんから聞いた情報以外に礼那が新しく訊きだせたのは、いま三十二歳だということと、シカゴ出身だということくらいだった。

「次はどこに行くの？」

往復一時間の遊歩道散策を終え、駐車場に戻ると礼那は訊いた。驚くほど広い駐車場なのに、停まっている車はほとんどない。

「カヴァード・ブリッジ」

クリスがこたえ、

「それ何？」

といつかちゃんが訊く。

「覆われた、橋だよ」

クリスは手で何かを覆う仕種をしながら、おなじ言葉をゆっくりと発音した。

「カヴァード・ブリッジ」

それをまたいつかちゃんがゆっくりとくり返し、

「イエス」

とクリスが微笑んで言う。変な感じだった。覆われた橋というのが何のことだか礼那にはわからないし、いつかちゃんにわかったのかどうかもわからない。でも会話は成り立っていた。いつかちゃんが先に後部座席に乗ったので、礼那は助手席に乗る。クリスの車は水色で、かなり年季が入っている。ルームミラーに、手編みの小さな人形がぶらさがっている。


「いつかちゃん、見て！」

先に車を降りた礼那が叫び、一歩遅れて降りた逸佳も、

「わお！」

と思わず声をあげた。それはまさに〝覆われた橋〟だったが、逸佳の想像していたような、トンネル状のものとは全然違っていた。まず、何もかも木でできていてあかるい。美しく組まれた天井の梁（はり）、両側に整然とならぶ柱。橋と呼ぶには優美すぎる建築物で、逸佳は中学の修学旅行で行った京都の、ナントカ造りの蔵とかお堂とかを連想した。柱のすきまからさす日ざしが、木製の床に縞（しま）模様をつくっている。

礼那が英語で何か叫び、クリスが笑った。礼那とクリスは父娘みたいに見える。服装がそっくりなのだ。ダウンにジーンズ、ニット帽。大きいクリスと小さい礼那。

「いつかちゃん、見て！　下は川だよ」

礼那が言い、それは日本語だったのに、横でクリスが、

「サコ・リヴァー」

と補足した。逸佳は礼那と目を見合せる。きのうもきょうも、こういうことが何度もあった。クリスが日本語を理解したみたいに思えることが。

「アイドンノウ」

なんで、とは訊かなかったのに、空気を察したクリスが先回りしてこたえる。

「ただなんとなくわかったんだ」

と、ぼそぼそした声で。

逸佳が礼那と橋の上を歩きまわるあいだ、クリスはただ立って見ていた。強度を確かめようとするみたいに礼那が足を踏み鳴らしたり、風雨にさらされ、色褪(いろあ)せた木のすべすべした手ざわりを確かめたくて、逸佳が柱をなでたりするのを――。一度、ふり向くと目が合ったので、逸佳は手をふってみた。クリスは片手をあげて応えた。

「いいやつだね、編物男」

礼那が言う。

「言ったじゃん、いいやつだって」

柱のあいだから見える山景色は雄大で、くすんだ街だったマンチェスターと、おなじ州とは思えなかった。

「きみたちはほんとうに仲がいいんだね」

車のそばに戻ると、クリスが言った。返事をしそびれたのは、ひっそりした笑顔と小さな声が淋しげだったからで、逸佳は胸がざわっとした。それからすぐ、大の男の人を自分が心配するなんて可笑しいと思い直す。

「だって、いとこ同士だもん」

礼那があかるくこたえ、後部座席のドアをあける。

「だめ。れーなは前でしょ」

逸佳は言い、従妹をどかせてうしろの席に収まった。うしろの方がよかった。礼那は眉を上げてへんな顔をしてみせたが、おとなしくドアを閉め、助手席に坐った。

「アナザーワン？」

運転席からクリスが訊く。

「もう一つの、何？」

訊き返すと、カヴァード・ブリッジという返事で、イエス！　と勢いよくこたえた逸佳と礼那の声が揃うと、クリスは満足そうに目を細めた。

でも、その前に昼ごはんをたべることになった。午後一時をまわっていたし、あいているレストランがちょうど見つかったからで、クリスが言うには、この時期には閉まっている店も多いらしい。

「雪が積もるころにはスキー客がやってくるからまたあけるんだけど、いまはあちこち秋期休暇中だよ、僕とおなじで」

クリスは言い、〝OPEN〟の札のさがった赤い木製扉を押しあけた。

壁のあちこちに鹿の頭。青と白のギンガムクロスのかけられたテーブルがならぶ店内は広いのに、人が誰もいない。と思ったのだが、初老のウェイトレスが一人、坐って新聞を読んでいた。

「いい？」

クリスが訊くと、ウェイトレスはずらした老眼鏡ごしに、こちらをじっと見てから立ちあがる。

「おなかすいたー」

案内されたテーブルにつくと礼那が言い、

「ハングリー？」

と、クリスがまた例の能力を発揮した。もっとも、礼那の表情も口調も、いかにもおなかをすかせた少女のそれだったので、仮に自分がアメリカ人でも、いまのはわかったかもしれないと逸佳は思う。

手渡された大きなメニューを、礼那と頭を寄せ合って読む。逸佳の胃も、気持ちがいいほどからっぽだった。

シーザーサラダ、シュリンプサラダ、チキンサラダ。クラムチャウダー、キャロットスープ、ピーズスープ。

「あ、パスタがある」

礼那が言う。

パスタ三種類、バーガーとサンドイッチ、卵料理。

「あ、でもパンケーキもある」

肉料理、魚料理、サイドディッシュ、デザート。

「ポットパイって何？」

逸佳が訊くと、礼那は、

「シチューみたいなのだよ。それがパイのなかに入ってるの」

とこたえた。

「じゃあパイクって何？」

「魚だけど、日本語で何ていう魚かはわからない」

「きのうもそうだったけど」

声がして、メニューから顔をあげると、おもしろがっている表情のクリスと目が合った。

「きのうもそうだったけど、きみたちはすごく真剣にメニューを読むんだね」

「もちろん。そりゃあ読むよ。ね、いつかちゃん」

礼那は胸を張って即答したが、逸佳は内心決りが悪かった。しまった、と思った。メニューに夢中になるあまり、他人がいることを忘れていた。

「好きだな、そういうの」

けれどクリスはそう言った。アイラヴイットと、無表情に。

食事をするあいだ（結局逸佳はオムレツを、礼那はパンケーキを頼んだ）、礼那はクリスに次々質問をした。兄弟か姉妹はいるのか（姉が一人、結婚して、いまはタンパに住んでいる）、編物の他には何が好きなのか（クリスはすこし考えて、歴史、とこたえた)、ガールフレンドはいるのか(いない)。

逸佳は、大きなハンバーガーをたべるクリスの手際に感心した。かぶりつくのではなく、ナイフで切り分けるのだが、大き目に切った一切れを片手でつまみ、毎回二口でたべる。野菜がはみだすことも、ソースがこぼれて指や唇につくこともなかった。一度もだ。

会計は、きのうとおなじように別々にした。もちろん逸佳は払わせてほしいと申してみたのだが——あなたは私たちを案内してくれているのだし、車のガス代だってかかっているのだから——、クリスの返事はあっさりしてぼんやりした、でも奇妙にとりつく島のないノーだったからだ。


ホテルの部屋に入ると、礼那はダウンジャケットも脱がずにベッドに仰向けに倒れて弾んだ。まだ五時前だが、おもてはすっかり夜の色だ。〝もう一つの〟カヴァード・ブリッジ(一つ目の橋に劣らず美しく、下はやっぱり川だった)、さらなる森林、小道、渓谷。散策はたのしかったし、クリスがいるので安心でもあったけれど、もう目のなかに入りきれないほど山景色を見たと礼那は思う。でも、あしたはもっと山に行くらしい。別れ際に、クリスといつかちゃんが、そう相談していた。

「大丈夫。狭いけど清潔」

バスルームとクローゼットの点検を終えたいつかちゃんが、隣のベッドに腰掛けて言う。このホテルは、値段が安いし賑やかな場所にあるから、という理由でクリスが推薦してくれたのだが、本人はまた自分の家に帰って行った。高速道路で二時間近くかかるのに、「すぐだよ」と、にこりともせずに肩をすくめて。

ニューハンプシャー州、ホワイトマウンテンズ。遠い場所に来た気持ちが礼那はする。親切なハリスさんが言っていたとおり、確かにここは「空気も景色もすばらしい」けれど、山の景色というものは、車のなかからでも、夜に見るとこわいのだった。真暗で、静かすぎて――。

いつのまにか眠ってしまっていたらしい。目をさますと、いつかちゃんも隣のベッドで眠っていた。まわりに、地図やガイドブックをひらいたまま。礼那が慌てて起きあがったのは、暖房のせいで部屋の空気が乾ききっていて、自分の唇ががさがさにつっぱっていることに気づいたからだ。親友のシエラと礼那の考えでは、女の子というのは、いつでも自分の唇をふっくらさせておく必要があるのだ。

午後七時二十分。静かすぎる部屋のなかでリップクリームを塗りながら、礼那は従姉を起こす。

「いつかちゃん、起きて。風邪ひくよ。それに、もう夜ごはんに行かなきゃ」

ガイドブックに顔を押しつけて寝ていたせいで、起きあがったいつかちゃんのほっぺたには、へんな跡がついていた。

　おもては肌が凍りつきそうに寒く、吐く息が白く、でもいままでに見たことがないくらい、星がたくさんでていた。

「きれい」

　礼那は上を向いて言った。

「広いねえ、空」

　すると、突然嬉しい気持ちが込みあげてきた。遠い場所にいることが、心細さではなくたのしさになる。

「チーク！」

　おなじように空を見上げているいつかちゃんの、ほっぺたにほっぺたをつける。

　街灯はあるものの、夜道は閑散としていて、ひたすら静かだ。「賑やか」な場所だとクリスは言ったけれど、それは夏のことか、あるいはこの土地の、もっと山奥に較べてのことなのだろう。閉まっているお土産物屋さんが一軒、閉まっているステーキ屋さんが一軒、あいている食料雑貨店が一軒、あいている、やけに高級そうなレストランが一軒、閉まっているスポーツ用品店が一軒。見つけられたのはそれだけだった。腕を組み、くっついて歩いた。くっついても寒かったが、くっつけばこわくなかった。

「靴と手袋、買って正解だったね」

礼那は言い、片足を上げてみせる。二人とも新しいお揃いの手袋（色は黒）をはめ、新しい色違いのブーツ（ムートン製で、内側は暖かなボア）を履いている。

でも、レストランは見つからない。いつかちゃんが野菜か果物をたべたいと言いだし、それで食料雑貨店で、グレープフルーツとぶどうとトマトときゅうりを買って帰った。

「ママがほめてくれそうな、健康的なごはんだね」

礼那が言うと、いつかちゃんは笑った。


逸佳はなかなか眠れなかった。夕方、へんな時間に寝てしまったせいだろうが、おなじように寝たのに礼那は、野菜と果物だけの夕食のあと、「山すぎて眠くなった」と意味のわからないことを言ってベッドにもぐり込み、あっというまに寝てしまった。

静かだ。ホテルの部屋というのはだいたい静かなものだが、ここは部屋のなかではなく外がひどく静かなので、逸佳は自分が部屋ごと静寂に包囲されているように感じる。四方から迫ってくる巨大なそれに、自分がまだ起きていることを知られたくなかった。それで息をひそめ、じっとしている。小さなフットライト一つを除き、部屋のあかりはすべて消してあった。ほとんど真暗闇だが、部分的に家具の形がぼんやりと見分けられ、それがかえってこわかった。

クリスのことを考えてみる。というより、クリスのことは、再会して以来つねに逸佳のまんなかにある。ただあるだけだし、どうしてそうなのかはわからないが、あることが嬉しかった。クリスの顔を、声を、雰囲気を思い浮かべる。それから彼と話しているときの、自分には相手のことがわかるし、相手にも自分がわかられてしまうというあの不思議でなつかしい感じ、安心で十全で、余分なものの一つもない感じを。

でもそれは、礼那が言ったような、〝恋とか〟とは違う気がした。逸佳はべつに、クリスと二人きりになりたいとも腕を組んで歩きたいとも思わないし、いっしょにいても、どきどきしたりしない（むしろその反対で、クリスといると逸佳は落着く）。高校の、〝彼〟のいる女の子たちは一様に、〝彼〟といるとどきどきすると言っていた。一人――ひとみという名前で、昔、赤ちゃんモデルだったという子――など、待ち合せ場所に相手が現れただけで毎回息が止まりそうになると言っていた。

そういう一切がないのだから、やはりこれは〝恋とか〟ではないのだろう。全然おじさんぽくないにしても、相手は三十二歳なのだし。ただ、逸佳はクリスと会えたことが嬉しかった。あしたも会えることが。そして、いまもクリスがどこかにいるとわかっていることが。

蒸気機関車は、出発前なのにもうもくもくと煙を吐いていた。

「これに乗るの？」

礼那は驚きの声をあげる。ほんとうは、これ走るの？　と訊きたいところだった。博物館に展示されていてもおかしくないような、あまりにも古めかしい代物だったから。

「そうだよ」

クリスがこたえる。

「これは、世界でいちばん古いコグ式登山列車なんだよ」

と、淡々とした口調で。

「コグ式？」

いつかちゃんが尋ねる。でも、それに対するクリスの説明——歯車がなんとかで、スイスがなんとかで——は、礼那にはちんぷんかんぷんだった。何だって？　英語がわからないとき、いつかちゃんはいつも礼那にそう訊く。だから今回も訊かれるだろうと思ったのだが、訊かれなかった。

「どういう意味？」

かわりに、クリスに直接質問している。いつかちゃんはもともと愛想のいい方ではないし、英語だと言葉がぶっきらぼうになるので、怒っているように聞こえるし見える。いつかちゃんにもわかるように言葉を選び、何とか説明しようとしているクリスが、先生に叱られている生徒みたいに見えるのが可笑しい。教えてくれているのはクリスの方なのに。

青い空だ。空気が澄んでいるので、石炭を燃やす煙の匂いがありありとわかる。列車に連結された四角い箱には、黒々した石炭が山のように積まれている。

「ねえ、これ、どっちに向って走るの？」

礼那が訊いたのは、機関車の顔の方（絵本では、トーマスの顔もエドワードの顔もヘンリーの顔もそこに描かれている）が、一両きりの客車に向って連結されていたからだ。そのせいで、煙を吐いている黒い機関車と、青い客車が正面衝突しているように見える。

「もちろんあっちだよ。ここは始発駅で、これから向うに登っていくわけだから」

クリスが指さしてこたえた。それだと、機関車がうしろから、顔で客車を押し上げて進むことになる。

「へんなの」

礼那が日本語で呟くと、

「ファニー？」

と、クリスにまた言い当てられた。

まわりでは、集まってきた乗客が、みんな写真を撮っている。

乗り込むと、なかは結構新しかった。改装をくり返しているのだろう。白木の硬そうな座席は左右三人掛けずつで、礼那は左の窓際に坐った。

「かなり揺れるから、そのつもりでいた方がいいよ」

クリスが言う。礼那は布の袋からリースチョコレートをだした。小粒のやつだ。クリスといつかちゃんに一粒ずつ手渡してから、自分の分を口に入れる。かむと、やわらかいピーナツバターの塩気と、チョコレートの甘さが混ざりあった。アメリカに来たばかりのころからずっと、礼那の大好きな味だ。こういうお菓子は日本ではたべたことがない。

「普通は、途中では訊かない」

「なぜ？」

「知らない」

隣で、いつかちゃんとクリスが何か話している。きょうのクリスは髪がぼさぼさで（寝坊をして、整える暇がなかったのだと言っていた）、ダウンの下に、厚ぼったいタートルネックのセーターを着ている。地味な灰色のセーターはどう見ても既製品で、あんなに編物が好きなのだから、セーターも編めばいいのにと礼那は思った。

「わあ」

叫んだのは、列車がいきなり斜めになったからで、背中が背もたれにはりついてしまうその大胆な後傾っぷりに、いつかちゃんも、

「こわ」

と言った。そして揺れと音――。進み方はゆっくりなのに、一歩ごとに、じゃなくて

一進みごとに、がったん、ごっとん、ばたんどたんと大騒ぎなのだ。

「まじ？」

いつかちゃんは怯(おび)えた声で言い、礼那の右手に左手をかぶせる。お揃いの手袋と手袋が重なる。壁からも床からも木製の座席からも激しく振動が伝わり、礼那はたまらず笑いだしてしまう。あり得ない、と思ったからだ。窓の外の景色が完全に斜めになっている。礼那の右手からいつかちゃんの左手が離れ、いつかちゃんも声を殺して笑っていた。

「なにこれ、信じられない」

と言って。すさまじい音がしている。こんな音――がったん、ごっとん、シューッ、シューッ――は、絵本のなかにしかない音だと礼那は思っていた。曲がるときに聞こえるブレーキのきしみ音も、ふいにあがる、かん高すぎる汽笛の音も。でもそれが、いま現実にここにあるのだ。

「たのしすぎる！」

礼那が言うと、

「まさに！」

といつかちゃんがこたえた。二人とももう声にだして笑ってはいなかったけれど、顔がにやにやしてしまうのは止められなかった。激しい揺れにも傾斜にも負けず、他の乗客は立ちあがってバランスをとったり、窓外にカメラを向けたりしている。

「立ってみる？」

いつかちゃんが訊き、

「みる」

とこたえて礼那は立ちあがり、前の座席の背もたれにつかまった。隣で、いつかちゃんもおなじことをしている。

「気をつけて」

クリスが言った。

窓の外は、はるか下の方に、どこまでも木々が続いている。半分は茶色で、半分は黄色。

「ものすごく高いところにいるんだね、私たち」

呟くと、いつかちゃんは窓辺に寄ってきてしゃがんだ。礼那は再び座席に腰をおろし、二人ならんで窓に顔をつける。

「駅自体がけっこう上の方にあったもんね」

朝早くホテルをでて、カーヴの続く山道を、クリスの車で登って来たのだった。二人を待つあいだに読んでいたらしく、車のなかには新聞が一枚ずつばらばらにして置いてあって、インクの匂いがぷんぷんした。

「窓、あくかな」

いつかちゃんが言う。ごく普通の上げ下げ窓で、試してみると簡単にあいた。凍りそうな冷気がたちまち顔にぶつかる。

「うっぷす」

礼那は思わず頭をのけぞらせた。空気がつめたすぎて息ができなかったからだ。いつかちゃんが慌てて窓を閉める。そして、目を見合せて二人でまた笑った。

礼那が驚いたことに、クリスは編物をしていた。

「ねえ、外、きれいだよ。見ないの？」

声をかけると、

「アイノウ」

とクリスはこたえ、

「こうすれば見えるから心配ないよ」

と言って顔をあげ、目をきょろきょろさせてみせる。クリスの目は大きい。そして、顔の骨がそこだけ深くくぼんでいることがわかる。

山麓駅は晴れていたのに、山頂は曇りで、おまけに霧がでていた。ほとんど何も見えない上、骨までしみるような冷気で、乗客はみんな、列車を降りるや否や〝ステーション〟と呼ばれる小屋にとびこんだ。そこでコーヒー（クリスと逸佳）とホットチョコレート（礼那）をのんだあと、クリスは編物を始め、礼那は日記を書き始めた。逸佳は窓の外を見ている。といっても見えるのは乳白色の霧と、ときどき透けて見える色の断片（地面の茶色、何かの看板の赤、木々の葉の黄色）だけだ。小屋のなかは暖かく、窓は曇っている。

下りの列車（いま乗ってきたのとおなじ列車だ）の発車時刻まで、みんなここで待つよりないのだ。トレッキング（冬はスキー）ガイドのクリスでさえ、散策は無理だと判断したのだから。ときどき酔狂な何人かが外にでて行くが、一、二分で戻ってくる。「寒くて死にそうだ」とか、「何も見えない」とか、まるでみんなに宣言するみたいに大きな声で言いながら。

逸佳はクリスのいる場所を見る。編まれつつある、ピンクと銀色のものを。アムトラックではじめて見たときもそう感じたが、やはり奇妙な光景だった。ガタイの大きな男の人が、手に較べて小さすぎるようなかぎ針を持って、派手すぎる色合いのものを器用に黙々と編んでいる姿は。

クリスに案内してもらう予定の場所は、これで最後だった。このあとは列車で山を下り、クリスの車でボストンまで送ってもらうことになっている。逸佳と礼那はそこから西部に向う予定だ。具体的にどの街に行くかはまだ決めていなかったが、アムトラックもグレイハウンドも、ボストンからならたくさんでている。

いまここにいるクリスがあしたからはいないことを、だから逸佳は知っているし、礼那もクリスも知っている。最初からわかっていたことだ。それなのにそのときが近づくにつれ、気持ちがどんよりと沈むのを逸佳はどうすることもできない。こんなのおかしい、クリスがいたのはたった三日だし、バーガーキングから数えても一週間にもならないのに、と逸佳はしっかり思おうとする。もともといなかった人なのだし、いなくて全然かまわない、と。

「列車、もうじきでるみたいだよ」

礼那がそばに来て言った。

「今度は逆斜めの景色が見られるね」

とたのしそうに。

帰りの列車のなかでも、クリスは編物をしていた。

「なんか、クリスちょっとへんじゃない？」

礼那は、小声の日本語でいつかちゃんに言った。

「きのうもおとといも、一緒にいるときに編物なんかしなかったのに」

「べつに変じゃないよ」

いつかちゃんは声をひそめずにこたえる。

「だって、もともと編物男じゃん」

「そうだけど」

礼那は言い、でも、やっぱりきのうまでのクリスと、何かが違っているような気がした。そして、その印象は列車が山麓駅に着いても、車――この三日間、どんな山奥でも礼那たち三人をじっと待っていてくれた、忠実な水色のおんぼろの車――に乗ったあとも変らず、というよりどんどん顕著になり――クリスは口数がすくなくなっただけじゃなく、いつかちゃんと礼那の会話に注意を払うことも、聞こえた日本語をくり返したり、その意味を尋ねたりすることもしなくなった――、途中のレストランでお昼をたべ終えるころには、礼那には疑う余地がなかった。疑う余地なく、クリスはよそよそしくなっていた。話しかければ、もちろん返事はしてくれる。でもそれは「イエス」か「ノー」か「アイドンノウ」で、なんともそっけないのだった。それに、変化はもう一つあった。これまで、自分の食事代は自分で払うと言って譲らなかったクリスが、「オーケイ」とこたえたのだ。いつかちゃんが、最後の食事だから払わせてほしいと頼んだときに。礼那には、どちらがお金を払うかは問題じゃなかった。そんなのどっちでもよかった。でも、変化だ。

車に戻ってからも、へんな空気は続いた。緊張感？　なにかそのようなもの。後部座席でいつかちゃんは地図やガイドブックをめくり、まるでクリスがそばにいないみたいに日本語で話しかけてくる。

「西部に行くためには、まずシカゴを目指すのがいいかな」

とか、

「ワシントンＤＣでもいいけど、そうするとニューヨークに戻る形になっちゃうから」

とか。クリスはクリスで、まるで礼那もいつかちゃんもここにいないかのように運転に集中している。高速道路の風景は殺風景で、前を走る車の州別ナンバープレートくらいしか、見るべきものもない。

「ねえ、クリス」

車のなかに充満し、次第に大きく重くなっていくように思える緊張感（でも何の？なぜ？）に耐えかねて、礼那は話しかけてみる。

「怒ってるの？」

「僕が怒ってるか？　ノー。怒ってないよ」

静かな、平板な声だった。

「でも、怒ってるみたいに見えるよ。喋らないし、列車のなかでも山頂でも編物ばっかりしてたし」

「それは……」

口をひらき、クリスは礼那をちらりと見た。

「それは、編んでると落着くから」

また沈黙がおりる。

「オーケイ」

その沈黙を破ったのは、でもクリスの方だった。両手を一瞬ハンドルから離し、小さなバンザイみたいに上にあげる。

「白状するよ。僕はただ、グッバイを言うのが苦手なんだ」

前を向いたままそう言った。

「だから？」

礼那にはわからなかった。お別れを言うのが苦手で、だから黙って編物？

「でも、まだお別れの場面じゃないよ？」

クリスはひっそり笑った。

「そうだね。でも、準備がいるんだ」


逸佳には、それは痛いほどよくわかった。逸佳自身、クリスがいなくなったあと――もうすぐだ――に備えて、クリスに会う前の自分に戻ろうと努力しているところなのだ。

高速道路をおりた車は、西側に木立ちのある広い道をしばらく走ったあと、赤レンガの街なみに入って行く。

「きみたちにはまだわからないと思うけど」

クリスがまた口をひらいた。

「大人になると、こんなふうに誰かと話したりしないものなんだ。こんなふうに、自分の感じたことを正直にはね」

「そうなの？」

礼那の相槌は不思議そうだ。

「なぜ？」

「アイドンノウ」

クリスはこたえる。

「なぜなのかはわからないけれど、大人は普通、こんなふうに誰かに気持ちをひらいたりしない」

大人じゃなくてもだよ。逸佳は胸の内で言った。私はまだ十七歳だけど、普通、こんなふうに誰かに気持ちをひらいたりしない。

「きみたちはよく笑うよね。思ったことをはっきり言葉で伝え合うし。そんなきみたちといるのはすごく愉快で、たのしんでいる自分が意外だった。変だと思うかもしれないけれど、たぶん僕は——」

クリスはそこで言葉を切り、

「たぶん僕は、きみたちがうらやましいんだ」

と言った。

「ノー」

考えるより先に声にだしていた。何がノーなのか自分でもよくわからなかったが、ともかくそんなのだめだと思った。

「そんなの変。それは、大人かどうかの問題ではないと思う」

逸佳は言った。

「それに、あなたは私たちにお別れを言う必要なんてない。だって、私たちはまた会うんだから」

「そうなの？」

礼那が日本語で訊いた。

「私たち、クリスにまた会うの？」

車はボストン市内に入っている。クリーニング店の看板、郵便局、公園、人々――。

「オーケイ」

クリスは言い、ルームミラーごしに逸佳と目を合せた。

「きみを信じるよ」

にっこりし、

「でもいまはお別れの時間だ」

と言って、路肩に車を寄せて停めた。

街の匂いだった。それに街の音、というか喧噪。そこらじゅうに人がいる。歩いていたり、自転車に乗っていたり、立ちどまってスマホで何かしていたり。礼那はめまいがするほどうれしくなる。

「いつかちゃん、街だね。れーなたち、街に帰ってきたね」

埃っぽい空気、地下鉄のマーク、タクシー、カフェやスーパーマーケットやATMや。

「都会だー」

山は確かに美しかった。クリスは確かにいいやつだったし、登山列車もおもしろかった。でも——。人がたくさんいて、みんな忙しそうで、ちゃんと時間の流れている感じのするごちゃごちゃした街に戻れたことが、礼那ははちきれそうにうれしかった。

「じゃあ、まずホテルを探そう」

逸佳ちゃんが言う。

「きょうはいいところに泊ろう。ベッドがふわふわのところ」

と。午後三時五十分。日ざしは薄く、みんな寒そうに歩いているけれど、午前中にいた山の上に較べれば、春みたいに暖かいと礼那は思う。

クリーヴランドのバスターミナルで、公衆電話から家に電話をかけている従妹の姿を遠くに見ながら、逸佳は奇妙にぽっかりした気持ちがしている。ボストンでクリスと別れ——握手、抱擁（クリスのダウンは雨の日みたいな匂いがした。山の冷気がまだ残っていたのかもしれない）、元気でという挨拶——、礼那との二人旅という元の状態に戻ったはずなのに、ちっとも元通りではないと感じる。自分が不完全になった気がした。それはまるで、自分の一部をクリスと一緒にボストンに——あるいはあの水色の車のなかに——置いてきてしまったかのようで、その一部がないと、自分が自分でいられないので困るのだった。でも、一体何を置いてきたというのだろう。なぜ、元の二人きりと違う気がするのだろう。もう一度クリスに会って確かめ、完全な自分を取り戻したいと思うのだが、それをするにはもう遠くに来すぎてしまった。

ボストンでは高級ホテルに泊った。夜、チャイナタウンで中華料理をたべた。翌日は一日じゅうバスに乗って行かれるところまで行こうと決め、ボストンを出発したのが朝の七時半で、ようやくクリーヴランドに到着したのが夜十時すぎだった。最初に目についたホテル——フロントに無愛想な白人のお兄さんがいて、喋るたびにゲップに似た音をだすので不気味だった——に一泊し、きょうはまたさらに西に向うべく、グレイハウンドの停留所に来ているのだった。冬の初めに長距離バスで旅をしようという物好きはすくないらしく、建物のなかは閑散としている。大きな荷物を持った髭面の白人男性が一人と、荷物が一つもないように見える痩せた黒人のカップルが一組、それに、ソーダ類の自動販売機に商品を補充している業者の男性が一人いるだけだ。おもてはまぶしく晴れていて、でも、その日ざしの色あいとは裏腹に、一歩でると空気は刺すようにつめたい。

「理生那ちゃん、いた?」

戻ってきた礼那に逸佳は訊いた。

「いた」

礼那は短くこたえる。金属製の椅子をかちゃかちゃいわせて腰をおろし、リップクリームを塗る。それから、

「パパにもかけたけど、そっちは留守電だったから、メッセージを入れといた」

と言った。

「きっと残念がるね。電話にでそびれたこと。またかけてあげなね」

逸佳が言うと、礼那は渋い顔をした。

「うん。でも絶対怒られるからヤだな」

沈黙がおりる。変な感じだった。ニューヨークから遠く離れた場所にいるのに、礼那のまわりにだけニューヨークの気配が漂っている。自動販売機に商品を補充していた作

業着姿の男性が、口笛を吹きながらカートと共にでて行く。彼にとってはここがいつもの場所で、これが日常なのだと逸佳は思う。一日の仕事を終えれば、家族の待つ家に帰るのだと。

「それで、何時のバスにした？」

礼那が口調をあかるくして訊き、

「それなんだけどね」

と、逸佳は時刻表を見せながら説明する。十一時五十五分発のバスならシカゴに夕方六時くらいに着くし、その次だと三時五十分発で、シカゴに着くのは夜の九時。でも、自分たちはまだクリーヴランドを見ていない。だから、深夜バスに乗ってみるのはどうだろうか。たとえば深夜一時十五分発のバスならシカゴに朝六時二十五分に着くし、三時二十分発ならば、八時四十五分に着く。いまからチケットだけ買って荷物をロッカーにあずけてしまえば、きょうはほぼまる一日、この街を見ることができる。

礼那は一も二もなく賛成した。

「すっごくいい」

と言い、ガラス窓越しに外を見て目を輝かせる。きのうはバスに乗りっぱなしだったからもう乗り飽きたし、おもてはいいお天気だし、お腹もすいていて、バス停の売店のパン以外のものがたべたいと思っているところだったし、それに、気分を変えないと、ママの声がずっと耳に残ってしまいそうだから、と言った。

どうしてかはわからない。が、娘から二度目に電話がかかってきたとき、理生那は一度目とは全く違う気持ちがした。午前十時で、理生那はリビングの掃除をしているところだった。クッションを一つずつ裏庭ではたき、ソファの隙間に掃除機の吸い込み口を差し入れて。

「ママ?」

なつかしい声が聞けて、単純に嬉しかった。

「礼那!」

弾んだ声をだしたはずだ。

「元気なの?」

尋ねると礼那は元気だとこたえ、ママは? と訊き返した。パパは? 譲は? と続け、アリスとエドワードは? プリンスは? と、隣家の夫婦やテリアのことまで尋ねた(そのいちいちに、理生那は「元気よ」とこたえた)。

「逸佳は?」

「元気だよ。いまこっちを見て手をふってる」

理生那は想像しようとした。公衆電話の前に立ち、受話器を耳にあてている礼那と、すこし離れた場所からそれを見守っている逸佳を。

「葉書はついてる？　れーなたち、いっぱい移動してるんだよ」

「そうみたいね」

理生那はこたえ、言わなくてはならないことを言った。

「早く帰っていらっしゃい。みんな心配してるのよ。パパもママも譲も、シュナイダー先生も、シエラも」

「シエラ！」

礼那は大きな声をだした。

「ママ、会ったの？　シエラに」

シエラは、小学生のころからの礼那の親友だ。東南アジアの血が四分の一混ざった美少女で、極端な恥かしがり屋だったが、中学に入ってにわかに大人っぽくなった。理生那は学校で会ったとこたえる。お友達はあなたに会えなくて、みんな淋しがってるわよ、と。

「やめて。会いたくなっちゃうよ」

「早く帰っていらっしゃい」

理生那はくり返したが、その言葉が娘の胸に届くことを、どこまで本気で期待しているのかわからなかった。

「もう切らなきゃ」

礼那が言う。

「どうしても？」

「どうしても」

その返事は健気だった。

「礼那」

最後に理生那は言った。

「何もかもに気をつけるのよ。車にも人にも、何もかもに。それからパパに電話しなさい。声を聞かせてあげて」

礼那はわかったとこたえた。

ついさっきまでよりも身体が軽い。掃除の続きにとりかかりながら理生那は思った。外は寒いがいい天気だし、このまま窓ガラスも磨いてしまおう。


ダウンタウンは、トロリーバスが循環していた。そのほかに、普通のバスも電車もあり、もちろんタクシーもたくさん走っている。海も山もおもしろかったけれど、やっぱり街の方が好きだし安心できると礼那は思う。人もお店もそこらじゅうに溢れていて、すこし歩くだけで、音も匂いも風景も次々移り変っていく。行きたい場所に行くために、ヒッチハイクをする必要もない。

「おなかいっぱいだね」

礼那は言い、いつかちゃんのコートの袖をつまんだ。腕ではなく、袖をつかんで歩きたいときがあるのだ。

「巨大だったもんね、あの肉」

いつかちゃんがこたえる。二人はいま、かわいらしい見かけのレストラン――名前もかわいらしくて、〝ローラ〟というのだった。礼那はもちろん『大きな森の小さな家』を思いだし、絶対ここに入るべきだと主張した――で、〝スモークポークチョップ〟というものをたべたところだ。それで、次はヘルスラインというバスに乗って、〝ユニヴァーシティサークル〟というところに行くべく、駅を目指している。いつかちゃんがバスターミナルでもらった地図によれば、駅はユークリッド通りにあり、ユークリッド通りはすぐそこのはずだ。

「ここ、なんか色のきれいな街だね。空がたくさん見えるし」

礼那は言った。

「のんびりしてるっていうか」

歴史を感じさせる赤レンガの建物が多く、どこかいかめしい雰囲気のあったボストンとも、高層ビルの建ちならぶマンハッタンとも全然違う。

「うん。住みやすそうな街だね。午後になって、朝よりだいぶ暖か――」

いつかちゃんの言葉は途中までしか聞こえなかった。心臓が飛び跳ね、考えるより先に、礼那は駆けだしていた。

「れーな！」

叫んだいつかちゃんの声は恐怖に凍りついていたし、クラクションが幾つも鳴るのもぶつかるみたいに肌の全部で感じたけれど、かまってはいられなかった。礼那は走り、もっと走った。大通り――たぶんユークリッドアヴェニュー――は無事に渡り終えたものの、前を走る茶色い犬との差は縮まらない。犬はリードをひきずったままだ。あれを踏めばつかまえられる。けれど道は緩い登り坂で、コンクリートの舗道はあちこちに段差がある。右手の路地からでてきたおじさんが、驚いてわきによけた。謝りたかったが声がだせず、礼那は足をもつれさせながら走り続けた。犬はひたすら舗道を直進し、角があれば曲がる。ときどき怯えたように立ちどまるのに、礼那が追いつく前にまた走りだしてしまう。Wait, doggie wait. 心のなかでくり返した。相手は犬なのに、英語になるのが可笑しかった。いつのまにか、まわりは静かな住宅地だ。もっと速く走ろうとして、礼那は前につんのめりそうになる。息が苦しくてもう走れないと思いながらよたよたと走り、まばたきが上手くできずに、目がかすんだ。犬はいま、古めかしいアパートの外階段の下でじっとしている。差は縮まっていないが、それでもまだ見失わずに済んでいる。礼那は走るのをやめ、犬を驚かさないようにゆっくりと近づく。すっかり息があがり、歩くだけでも精一杯だ。Doggie wait, stay there, please. 胸の内で念じる。が、犬はまた走りだし、礼那もまたつられるように走りだした、つもりが転倒した。なんで？　と思ったときには地面の上で一度弾み、どこも痛くはなかったが衝撃はあってびっくりした。起きあがろうとしても足に力が入らず、自分の呼吸音以外は何も聞こえず、顔をあげるとそれが見えた。犬がおそるおそる近づいてくるのが。

救急車はすぐに来た。おばあさんは頭から血を流して倒れていて、まわりを通行人が四人とり囲んでいる。九一一に通報したのは背広を着た男性だ。おばあさんの横にひざまずき、しきりに話しかけているのは三十歳くらいの金髪の女性で、逸佳はその横で、なす術(すべ)もなくただ立っている。救急隊員がおばあさんをストレッチャーに乗せる。サイレンと赤色灯、清潔そうで頑丈そうな白い車体――。血だまりができるくらい頭から出血しているのに、それでもおばあさんは弱々しく手を動かしながら、救急隊員に何か喋ろうとしている。

あっというまのことだった。逸佳と礼那のうしろから来た自転車が、二人を追い越した直後におばあさんにぶつかった。おばあさんは車のいない路地を横切ろうとしていて、実際そこには車が通っていなかったから、逸佳も礼那も路地のまんなかを歩いていたのだが、その路地の先には大通りがあって、そこの信号が青だったから、たぶん自転車はそれを渡るつもりでスピードを上げたのだろう。凄じいぶつかりようだった。おばあさんは文字通りふっとび、ぶつかった場所よりもかなりうしろに仰向けに倒れた。連れていた犬がものすごい声でぎゃんと一声だけ鳴き、交差点に飛びだし、礼那が追いかけて行った。クラクションがけたたましく鳴りわたり、逸佳は悲鳴をあげた。時間が止まった気がした。こんなのは全部嘘だ、と、その瞬間に自分が思ったような気がするのだが、それはまぎれもなく現実で、次の瞬間にはまた時間が動きだし、礼那は車に轢かれずに道を渡りきっていて、バランスを崩して倒れた自転車は体勢を立て直し、おばあさんをちらりと見て、猛スピードで逃げて行った。

だから、おばあさんに最初に駆け寄ったのは逸佳だった。

「大丈夫ですか？」

大丈夫でないことは明白なのに、そんな言葉しかでてこなかった。

「ノー」

おばあさんは、囁きほどに小さい声で、でもはっきりと言った。肌が乾いて粉をふいたようになっていて、口のまわりの皺が目立った。小さな目は、これでほんとうに見えるのだろうかと思うほど澄んだ水色で、でもその目のまわりも皺だらけだった。

「いま救急車を呼びます」

逸佳は言い、携帯電話をとりだしたが、電源を切ってあったために起動させるのに時間がかかり、おまけに、動揺していて緊急番号の九一一が思いだせず、大通りにでて、そこにいた男の人に通報を頼んだのだった。

戻ると、おばあさんは仰向けのまま泣いていた。目尻に涙をため、

「Shameful（情ない）」

と言ったのだが、それが動けない自分に対する言葉なのか、轢き逃げ犯に対する言葉なのかはわからなかった。

「私の犬は？」

次におばあさんはそう言った。

「私の犬はどこ？」

「私の従妹がいま追いかけています。たぶん彼女が連れ戻します」

ほんとうに連れ戻すかどうかわからなかったが、逸佳はそうこたえた。

「ミズ」

肘をつかまれ、見ると、救急隊員の一人だった。おばあさんはすでに救急車に収容され、とり囲んでいた人たちも、背広の男性――べつの救急隊員と話している――以外はいなくなっている。

「カムウィズミー」

黒人の女性隊員に促され、ついて行くと、すでに閉められていた救急車の後部扉があけられ、逸佳は上半身をうしろから押された。

「彼女ですか?」

救急隊員が訊き、おばあさん――脚をたたまれたストレッチャーの上に横たわり、腕に灰色のものを巻かれ、顔に酸素マスクのようなものもあてられていた――はうなずいて、自分でマスクを顔からはずし、

「シー、ソー、エブリシング」

と、ふるえる声で、一語ずつ区切ってゆっくり発音した。

「乗ってください」

救急隊員がまた逸佳の背中を押す。

「でも、私はここで従妹を待たないと」

「早く乗って。緊急事態なんですよ」

厳しい声音で言われ、

「でも」

と声はだしたが、従うよりなさそうだった。逸佳が乗り込むと、外にいた隊員二人も乗り込み、後部扉が閉められて、救急車はすぐに走りだした。

「名前は言えますか。この指が何本だかわかりますか」

救急隊員がおばあさんに話しかけている。そしてサイレン――。聞く人を不安にさせるその音は確かに聞こえるのに、車のなかは奇妙に静かだ。やがておばあさんがえずき始める。隊員がさしだしたピンク色の容器に、なんだかわからないものを吐いた。

無事に犬はつかまえたものの、礼那は自分のいる場所がわからなくなってしまった。転んだときにぶつけた左膝が、ひどい痣になっている。でも、ジーンズが破けなくてよかったと礼那は思う。気に入りのストレッチジーンズなのだ。よそのアパートの外階段に腰をおろして、痣の点検をしてから呼吸を落着ける。

「随分遠くまで逃げてくれたね」

犬に日本語で話しかけた。

「足、短いのに」

茶色いダックスフントは、こわがる様子もなく礼那を見て首をかしげる。輪郭のくっきりとした、健康そうな黒い瞳。子犬ではないけれど、まだ若そうな犬だ。

「いつかちゃんのところに戻らなきゃ」

礼那は犬に向って言い、立ちあがった。赤い革のリード（首輪とお揃いだ）をしっかりと握り直す。従姉に電話をかけたかったが、まぬけなことに、携帯電話はバスターミナルのロッカーに預けた荷物のなかだった。

「まず、ユークリッド通りを探そう」

来た道を、順にたどっていけばいい。ほとんど憶えていなかったが、歩きだせば思いだすかもしれない。

結局、二度も人に訊かなくてはならなかった。ユークリッド通りはどっちですか。人に訊いて、ようやく目当ての通りにでたあとも、さっきの場所をみつけるのにまた苦労した。レストランの〝ローラ〟から、路地を下って大通りにでたところ――。

途中にニューススタンドがあったので、礼那は水を買い、自分でのんだあとで犬にものませた。そしてまた歩き続ける。自然食品店、靴の修理店、カフェ、帽子店。どれも見た憶えがない。大通りを、人々はみんな目的を持って、きびきびと歩いている。自分がいまどこにいて、どこに向っているのか十分承知している人たち――。書店、紳士服店、銀行、そして信号。

「ここだ！」

さっき自転車がおばあさんを撥ね、犬が逃げだした場所がここだという自信はあった。左手の静かな路地、クリーム色や薄緑色に塗られた建物、礼那が、色のきれいな街だと思った場所――。けれどそこにいつかちゃんの姿はなかった。おばあさんの姿も。というか、路地には誰もいない。

「なんで？」

礼那は急に心細くなった。いつかちゃんは絶対に待っていてくれるはずだと思っていた。

「なんで？」

自分の声が弱々しく聞こえる。礼那は犬を抱きあげた。犬の身体は温かく、茹でた枝豆に似た匂いがした。

考えなきゃと、礼那は思う。どうすればいいか、考えなきゃ。深夜バスの切符は買ってあるのだから、最悪でも、深夜にバスターミナルに行けばいつかちゃんに会えるはずだ。でも、それまで一人でいるのはいやだった。いつかちゃんは心配しているだろう。怒っているかもしれない。礼那を探して歩き回っているのかもしれない。でも、どこを？　それに、この犬をどうすればいいのだろう。

そのときそれが目に入った。血？　礼那は犬を抱いたまま、ゆっくりと近づく。コンクリートの舗道に、半ば乾き、半ばしみこんだ血が残っていた。

「大変」

礼那は犬の頭に頬をつけて言った。

「お前の飼い主、死んじゃったのかも」

おばあさん――ミセス・ジョアンナ・パターソン――は、いま精密検査を受けている。

制服警官二人に身分証明書の提示を求められ、逸佳は内心怯えた――たぶん自分と礼那には捜索願いがだされていて、よくわからないが全米の警察のコンピュータシステムのようなものが即座に反応し、指名手配犯か何かみたいに連行される、のかもしれないと思った――が、従妹と二人で旅行中だという説明はすんなり受け容れられ、パスポートもすぐに返された。それで、目撃した事故の様子を、訊かれるままに、逸佳は可能な限り話した。走り去った轢き逃げ犯に関しては、派手な柄のヘルメットをかぶっていたこと（派手という単語がわからなかったので、カラフルと描写するしかなかった）と、スポーツタイプの自転車に乗っていたこと、白人で、子供っぽい顔の男の子――たぶんティーンエイジャー――だったことしか憶えていない。あとは、逃げる前に彼がおばあさんをちらっと見たこと――。それでも逸佳はともかく捜査に協力すべく、憶えていることをみんな話した。

そして、おばあさんが無事（ではないが）医師の手に委ねられたいま、心配なのは礼那のことだった。何度も電話をかけているのにつながらない。何かあったに違いなかった。そうではないだろうか。あれからもう二時間以上たっている。犬をつかまえられたにせよつかまえられなかったにせよ、本人が元気ならば電話をかけてくるはずだ。車に轢かれたのかもしれないという考えが逸佳にとりついて離れず、しかもその考えは、一分ごとに現実味を増していく。この場所のせいかもしれない。救急病棟の待合室では、不安な面持ちの人々が立ったり坐ったりしている。運ばれた病人や怪我人の、家族や友達なのだろう。小声で短い言葉を交わし合ったり、励ますように、一人がべつの一人の背中をさすったり、手を握ったりしている。どこかべつの、でもここと似たような病院に、いま礼那が運び込まれていたらどうしよう。そう思うと恐怖でいっぱいになり、居ても立ってもいられなかった。

「あの」

逸佳は制服警官の一人に話しかける。

「もう行ってもいいですか？　私は従妹を見つけないと」

「いや、もうすこし待っていてください」

南米系らしいその制服警官は、穏やかな口調でこたえた。

「でも」

一体何を待つのかわからなかった。警官はそれ以上とりあってくれず、せわしげに部屋を出たり入ったりする。最初は二人だったのに、いつのまにか三人になっていた。救急隊員の女性が言ったように、これは緊急事態で、事故で、事件なのだ。他にすることがなく、逸佳は周囲を見まわす。やわらかいパウダーブルーに塗られた壁、隅に置かれたテーブルと、ご自由にどうぞと手書きされたカード、蛇口つきの水のタンクと紙コップ。保険の加入をすすめるポスター（ここですすめても遅いのではないかと逸佳は思った）のなかでは、幸福そうで健康そうなカップルが、互いに微笑みながら見つめ合っている。

逸佳はもう一度、礼那の携帯電話に電話をかける。でて、と強く念じた。お願いだから、礼那、でて。けれど電話は呼びだし音すら発さず、電波が届かないという趣旨の、そっけない英語の案内が聞こえただけだった。クリスがここにいてくれたらと、思わずにいられなかった。クリスは大人なのだし、この国の人なのだから、どうすればいいかわかるだろう。彼にここを任せて、逸佳は礼那を探しに行ける。あるいはその逆でもいい。逸佳がここに残って、クリスが礼那を見つけてくれるのでも。

何を待っているのかわからないまま、時間だけが過ぎていく。部屋にいた男性二人組は、医師に呼ばれてでて行った。人数がどんどん増えていくように見えた家族は、いつのまにか両親らしい二人だけを残していなくなっている。午後四時。この部屋には窓がないが、外はもう暗くなり始めるはずだ。レストランをでたのが一時すぎだったから、礼那がいなくなってから三時間近くたったことになる。ドアがあき、新顔の警官が入ってきた。四人目だ、と思ったとき、その警官のうしろから、小柄な少女が入ってきた。礼那が。

れーな！

声はでなかった。逸佳はただ立ちあがり、礼那——全く無事で、普通に歩いている

――を見つめた。

「いつかちゃん！」

礼那は驚いているようだった。

「よかったー」

嬉しそうに言い、駆け寄ってきて、逸佳に抱きつく。

「どうしてここにいるの？」

そして訊いた。それはこっちが訊きたい、と思ったが、やはり声にならず、

「れーな」

と逸佳は弱々しく呟いた。圧倒的な安堵が訪れる。

「心配するでしょ。何でいきなりとびだすのよ」

怒った口調になったのは、恐怖の余韻が残っていたからで、逸佳は礼那の髪をぞんざいに（けれど痛くない程度に）ひっぱり、ダウンジャケットを何度か叩いて、その余韻を追い払った。

「だって、犬が――」

礼那は説明した。逃げた犬をつかまえたこと、戻ったら逸佳がいなかったこと、近くを歩きまわって探したけれど見つからず、でも、かわりにパトカーを見つけたので、おばあさんに犬を返そうと思い、警察官に事故の話をしたこと、その警察官が無線で病院

の場所をつきとめ、ここに連れてきてくれたこと。

「だから、パトカーに乗ったんだよ、生れてはじめて」

礼那は、話をそうしめくくった。

「で、犬は？」

私は生れてはじめて救急車に乗った、と思いながら逸佳が訊くと、

「パトカーのなか」

という返事だった。

「病院には持ち込んじゃいけないんだって」

すごくかわいいんだよ、と、礼那は続ける。

「パトカーに乗ってるあいだじゅう、れーなにくっついてたの。おまわりさんがなでようとして手をだすと、びくっとして全身をすくませちゃうの」

「ミズ」

女性看護師が戸口に立ち、逸佳を呼んだ。水色の制服は半袖シャツにずぼんで、暖房がきいているとはいえ、寒くないのだろうかと逸佳は思った。廊下にでると、ついてくるように言われた。パターソンさんが会いたがっているから、と。

病室にはベッドが四台置かれていたが、どれもからっぽだった。ここで待つように言われ、礼那と二人で待っていると、ストレッチャーでおばあさんが運ばれてきた。

「私の犬は?」

開口一番、逸佳に尋ねる。話すだけでも苦痛であるらしく、眉間にしわが寄った。

「彼女が見つけました。犬は大丈夫です」

逸佳は礼那を前に押しだしてこたえる。おばあさんは、看護師二人がかりで、ストレッチャーからベッドに移された(着地の瞬間、また眉間にしわが寄った)。頭には包帯が巻かれ、首にはコルセットがつけられている。

「連れてきて」

弱々しい、けれどはっきりした口調で、おばあさんは言った。

「だめなんです。それは許されてないから」

礼那が言い、

「でも、おまわりさんに保護されているから、あの子はもう安全です」

とつけ足したのに、おばあさんの返事はなぜか「ノー」で、「連れてきて」がまたくり返された。待合室に逸佳を呼びに来た看護師が、ほらほら、安静にして、と声をかけ、犬は大丈夫ですよと請け合った。警察官が二人入って来て、病室が混雑し始めると、おばあさんが突然、みんなにでて行くように言った。逸佳以外のみんなに——。

病院の外は、薄青い夕方だった。駐車場の周囲には木が植えられていて、暗緑色の常緑樹の、ハッカっぽい匂いがする。

病室を追いだされた礼那は犬の様子が気になって、おまわりさんといっしょにパトカーに戻り（犬は、礼那を見るとしっぽを振って歓迎し、ドアをあけると後ろ足で立って顔を舐めた）、この子が無事でよかったと思った。ベッドに横たえられたおばあさんは、ひどく具合が悪そうに見えた。ただでさえヨボヨボに年をとっているのに、あんな事故に遭うなんておそろしいことだ。舗道に残っていた血の跡の記憶がよみがえり、礼那は身ぶるいする。事故、病院、包帯、コルセット。気の毒すぎる。礼那は犬を抱きあげると、

「オフィサー」

と、おまわりさんに言った。

「この子をほんのちょっとだけ、おばあさんに見せてあげちゃだめですか？　こうやって――」

と言いながら、礼那は犬をダウンジャケットの内側に入れ――胴体しか入らず、顔は礼那の顔の前に突きだしていたが――、ジャケットの上から犬のおしりをしっかり支えて見せた。犬はされるままになっていたが、礼那のあごを舐め始め、

「やめて。くすぐったい。おとなしくして」

と英語で言っても効き目がなかった。おまわりさんは笑って、

「貸してごらん」

と言い、パトカーの後部座席から紺色のウインドブレーカーをとりだす。

「その子を隠すにはきみは小さすぎるよ」

POLICEと書かれたウインドブレーカーを着ると、犬をリードごとすっぽり、そのなかに入れた。

(わんちゃん、じっとして。すこしのあいだだけだからじっとして)

礼那は犬に英語で、心のなかで話しかける。実際に声にだしてしまうと、犬が反応して興奮するかもしれないからだ。

(そう、いい子ね、いい子いい子)

三人(というか、二人と一匹)で歩きながら、犬が暴れだすんじゃないか、そうでなくても誰かに呼びとめられるんじゃないかと、礼那はひやひやした。誰とも目を合せないように気をつけ、やましいことなどないふりをして、急ぎ足で歩いた。でも、おまわりさんは落着き払っている。片腕で犬を支えながら、

「最近、ちょっと腹がでてきてね」

と礼那に冗談まで言った。

エレベーターの前には、人が何人もいた。すこし離れた場所で待ち、扉があくのを見定めてから、他の人たちに交ざって乗った。いい子だからじっとしててね。いい子だか

ら。声にはださず、胸の内で呪文のようにくり返す。

四階に着き、扉があくと、礼那は前を向いて速足で歩いた。もしへんに思う人がいても、話しかけづらい雰囲気をだしているつもりで。

ようやく病室にたどりつくと、いつかちゃんの他におまわりさんが二人いて、おばあさんから話を聞いていた。礼那は叱られる覚悟を決め、ベッドに近づく。

「犬、連れてきました」

声をかけ、おまわりさんがお腹からそれをとりだすのを見守った。

「グルマン！」

おばあさんは感きわまった声をだした。まるで何年も離ればなれだったみたいに犬を抱きしめ、でも、興奮した犬はじっと抱かれてなどいず、穴を掘るような勢いでシーツをひっかいたり、飼い主の身体に顔をこすりつけたり、コルセットの匂いを不審そうに嗅いだりする。おばあさんは何も言わずにそれを見ていた。目に涙をためて。

「感謝します」

そして、礼那に言った。ありがとうではなく、感謝しますと。

礼那の予想に反し、おまわりさん二人は怒らなかった。途中で一人が犬を抱きあげ、

「だめだよ。彼女には休息が必要なんだから」

とやさしく話しかけたが、つまみだしたりはしなかった。

「グルマン……。男の子ですか？」

女性の方のおまわりさんが訊き、同僚から犬を受け取ると、グリーちゃんグリーちゃんグリーちゃんと、勝手に名前を略して、赤ん坊をあやすように呼んだ。どういうわけか犬を女の子だと思い込んでいた礼那は、いい子いい子（グッドガールグッドガール）と言い続けたことで、犬に失礼をしたような気がした。

病室の空気はにわかに和やかになったのに、いつかちゃんだけは無言で、困った顔をして立っている。何か言いたいのに言えない、というような顔。もともとあまり口数の多くない従姉だけれど、このだんまりは普通の無口とはちがうと、礼那にはわかった。

「どうしたの？」

尋ねた礼那にはこたえず、

「ミセスパターソン」

と、おばあさんに話しかける。すでにベッドの背もたれは倒され、おばあさんは頭を枕に戻して目を閉じていた。薄そうなまぶたがわずかに痙攣（けいれん）している。

「ごめんなさい。疲れたわ。それに吐き気がするの」

「でも」

いつかちゃんはあきらめずに言った。

「でも、ほんとうにそうしてほしいんですか？」

おばあさんはふるえるまぶたをあけた。しわしわの皮膚に囲まれた、真昼の空みたいに水色の小さな目。

「そうよ。お願いしましたからね」

「さあ、もうこの人を休ませないと」

最初にグルマンを抱きあげたおまわりさんが言い、みんなでぞろぞろと病室をでる。

「いまのは何？　おばあさんに何を頼まれたの？」

尋ねたが、いつかちゃんは何か考えている顔つきで、またしても返事をしなかった。

おもては暗くなっていて、おまわりさんが車で送ってくれることになった（ので、礼那はまたパトカーに乗った）。てっきり、最初に乗り込んだ場所あたり――繁華な街か――で降ろされるのだと思っていたら、そうではなく、事故のあった坂道の上の、細い道が入り組んだ、ひっそりした住宅地で降ろされた。

「ここ、どこ？」

呟いたが返事がなかったので、それは礼那のひとりごとみたいになった。

「サンキュー、ガールズ」

「テイクケア」

おまわりさんたちは口々に言い（一人は礼那に敬礼のまねごとをして寄越し）、走り去って行った。装飾的な錬鉄製の柵と街灯、建っているのは高級そうなアパートばかりで、店も、普通の一軒家もない。空気はつめたく、すっかり夜の色になった空には、星が一つだけまたたいている。

「ねえ、いつかちゃんてば、ここどこ？」

従姉はグルマンを抱いたままだった。

「ミセスパターソンの家」

いつかちゃんはこたえ、犬を地面におろすと、リードを礼那に持たせた。リュックサックを胸の前に抱え、なかから何かとりだす。紙と、鍵だ。

「しばらくここで、グルマンのめんどうを見てほしいって」

紙きれを礼那に手渡すと、柵の内側に入って行きながら言う。

「植物にも水をやれって。他にもいろいろ」

「うそ」

慌ててついて行きながら、礼那が口走ると、

「ほんと」

といつかちゃんはこたえた。

「数字、読んで」

紙のいちばん上に、５７９Ｍ２#と書いてあり、礼那が読みあげると、いつかちゃんは玄関のプッシュボタンを押し、オートロックを解除した。

「でも、シカゴは？　れーなたち、今夜シカゴに行くんでしょう？」

広いエントランスは黒い大理石（たぶん）の床がつるつるに磨かれていて、中央のテーブルには、豪華な花の活けられた、大きな花びんが置かれている。天井の電灯の他にフロアランプもあるのに、笠がどれも装飾的すぎるせいか薄暗かった。

「なんか、侵入者みたいだね」

いつかちゃんの腕に、自分の腕をからませて言った。誰もいないし、生活感もない。けれどホテルとはあきらかに違う、個人（たち）のプライヴェートな空間の気配があった。グルマンはすたすたと進む。

「この子にとってはお家だもんね」

礼那は言い、そう考えると、侵入者だという不穏さが、すこしだけおさまった。

紙にはロック解除の数字の他に、ふるえた筆蹟で、幾つかの指示が書いてあった。植木鉢（合計七つ）→土が乾かない程度に　とか、犬の散歩→一日二回（合計で一時間以上になるように）　とか。可笑しいのは、ミラベル→グッド　ステュアート→ノットグッド　コグウェル→インビトウィーン　という表記で、いつかちゃんによると、それらはおなじアパートに住む人たちに対する、ミセスパターソンの評価なのだそうだった。メモはこまごまとさらに続き、いちばん下に大きな字（しかもアンダーラインつき）で、ノースモーキング、ノーパーティと書かれていた。

礼那がグルマンを連れて病室に戻るまでの短いあいだに、ミセスパターソンはいつかちゃんに、それを全部指示したというわけなのだった。

「息子にも娘にももう連絡がいっているから、そのどっちかが駆けつけてくるまでのあいだだって」

犬用の給水器に、早速指示通り水を補充して、いつかちゃんが言った。

「息子はデトロイトに住んでいて、娘はモントリオールに住んでいるんだって」

グルマンが給水器に突進する。舌が水をすくいとるぴしゃぴしゃという音と、器具の先で金属の弁が立てるかちゃかちゃという音。礼那はそばにしゃがみ、犬の全身の愛らしさと、ほっそりした顔の造作に見とれた。飼い主のいない家のなかで、知らない東洋人の娘たちに見つめられながら、それでもちゃんと一人で水をのんでいるなんて立派だ、と思う。

「デトロイトの方が近いから、たぶん息子が先に来るだろうって言ってた」

「ふうん」

礼那は相槌を打ち、ミセスパターソンの台所を見まわす。とても清潔な台所だ。だしっぱなしになっているものは何もないし、シンクもカウンターも、大きな銀色の冷蔵庫もぴかぴかだった。

「メモには書いてないけど、電話にはでるなって」

いつかちゃんが続ける。

「お客用の寝室を使っていいって。バスルームも使っていいし、台所にあるものは、たべてもいいって」

「うん」

礼那は言い、椅子に坐って膝を抱いた。ミセスパターソンがここで食事をするのであろうテーブルは小さく、鮮やかな黄色の布のクロスと、透明なビニールクロスがダブルでかけられている。

「あした、また病院に来てほしいって」

「うん」

よその人の家にいるのだと思うと落着かなかった。

「そのとき、寝室にあるブルーのガウンを持ってきてほしいって」

水をのみ終えたグルマンは、台所をでて行った。

「それから、息子が来ても、息子の言うことは聞くなって」

うん、と言いそうになったが、それはへんな注文だと気がついた。

「え？」

それで訊き返した。

「どういう意味？」

「知らない」

いつかちゃんは肩をすくめる。

「たぶん、あんまり仲がよくないんじゃないかな」

「そうなの？」

「わからないけど、たぶん」

息子の話をするとき、ミセスパターソンが顔をしかめたのだといつかちゃんは言った。眉をひそめ、目を細くして、いやそうな顔をしたらしい。

「でも、息子はすぐ来るだろうって言ってた。駆けつけるはずだって」

「……ふうん」

礼那はこたえる。どういうことなのかはわからないが、それは、自分たちには関係のないことだ。

「アパートのなかを探険してみる？」

礼那がそう提案したのは不安だったからだ。家のなかに自分たち（とグルマン）しか絶対にいないことを確かめたかった。もうおばけをこわがる年齢ではないが、それでも――。

「うん。そうしよう」

いつかちゃんは賛成してくれた。

「そのあとバスターミナルに行って、ロッカーから荷物を取ってこなきゃね。チケットの払い戻しもしないと」

「それにごはんもたべなきゃ」

礼那はつけ足した。たくさん走ったせいか、とてもおなかがすいていた。


木坂潤が娘からの伝言に気づいたのは、カントリークラブの駐車場に停めた、自分の車に戻ったときだった。耳にあてた携帯電話から、思春期前の少女特有の、濁りのない声が聞こえた。よりによって、何で今朝なんだ？　潤が最初に感じたのはその不運というか、まの悪さだった。潤は携帯電話の電源を滅多に切らない。仕事の連絡も、最近はオフィスではなく個人の電話にくることが多いのだし、何にせよ、迅速に対応できることが大切だと考えているからで、会食中も、接待のためにでかける観劇やコンサートの最中も、消音にはするが電源は切らないことにしている。が、今朝は接待ゴルフがあり、携帯電話嫌いで有名な上司――振動音が聞こえただけで、露骨に咳払(せきばら)いをして電話の持ち主をにらむ――がずっと一緒にいたために、潤は自分の主義を曲げ、ラウンド中だけ電源を切ったのだった。

「パパ？　れーな」

娘の伝言はそう始まっていた。

「心配かけてごめんね」

出だしは殊勝なのだが、「でも」と続く。

「でも、れーなもいつかちゃんも、しっかりかりして旅をしてるよ」

娘の言葉の的外れぶりに、潤はほとんど驚いてしまう。勝手に旅をしていること自体が問題なのであって、どんなふうに旅をしているかは問題ではない。しっかりして旅をする、というのがどういう意味であるにせよ。

「終ったら帰るから、待っててね」

何が終ったらなのかわからなかった。

「キスとハグを送ります」

ここで娘はほんとうにキスの音を立てる。

「じゃあ、またね」

おい、待て、と言いたくなったが、録音された伝言が相手ではどうしようもない。潤は電話をポロシャツの胸ポケットにしまった。晴れた午後だ。マンハッタンに戻り、六十二丁目の屋台でチキンオーヴァーライスでもテイクアウトしてオフィスに寄るつもりだったが、気が変り、潤は通りすがりのカフェに入った。静かな場所で、もう一度娘の声が聞きたかった。的外れな上に、短すぎる伝言であるにしても。

礼那がいなくなって、一か月近くになる。潤には、その事実が信じられなかった。妻の態度も――。

「あの子たち、ニューハンプシャー州にいたみたいよ」

そう言ったとき、妻は何だかたのしそうで、微笑んですらいた。

「ブーツと、手袋と、アンダーシャツを買ったんですって」

まるで、それがいいことみたいな口ぶりだった。義兄の三浦新太郎が逸佳に持たせているクレジットカードからわかった情報だが、そのカードのお陰で、二人はこうしていつまでも旅をしていられるわけなのだった。子供にそんな大金を持たせるなんて、どう考えても非常識だ。

「一つ助言させていただいてもいいですか？」

南米系の若い警察官の、小生意気なしたり顔が思いだされた。

「娘さんたちに早く帰ってきてほしければ、クレジットカードを止めることです」

あんな若造にさえわかることだ。潤は新太郎を嫌いではないが、怒りが湧くのもまた事実だった。誘拐されたわけでも家出をしたわけでもない娘たちを連れ戻せないなどというのは親として無能で恥かしいし、これでは、もともと問題のある家庭だったのだと思われても仕方がない。

録音された娘の声をくり返し聞きながら、潤は暗澹とした気持ちになる。運ばれてきたチキンサラダは予想以上に巨大で、フォークをさすたびにボウルから野菜がこぼれる。

来週の月曜日には、会社を午後休にして、礼那の中学校に行くことになっている。担任とは、理生那がすでに何度か話しているが、今度のは校長じきじきの面談で、両親揃って呼びだされている。潤には、一体なぜ自分がそんな不面目な目に遭わなければならないのかわからなかった。


何か硬いものをひっかくような物音で目がさめてすぐ、逸佳はそこがホテルではないことを思いだした。ミセスパターソンのアパートの客用寝室はとても日あたりがよく、おそらくカーテンが薄いせいもあって、そこらじゅうが日だまりみたいになっている。逸佳が起きあがると布団がめくれ、隣で礼那がもぞもぞと身体をまるめた。

「まぶしい。結構遅い時間かも」

寝起きの、湿って重い声で逸佳は寝ている従妹に言い、他人の家なのに熟睡してしまったことに驚く。小さなライティングデスクと、座面がビロード張りの椅子、木製の大きな洋服だんすと、レモンの木を描いた繊細な版画。部屋を見まわした逸佳は、ゆうべ礼那を感激させた、手の込んだパッチワークのベッドカヴァーがすっかり床に落ちてしまっていることに気づく。

かりかりと、硬いものをひっかく音――。

「グルマン！」

ドアをあけると、ダックスフントは逸佳の足元をすり抜け、まっすぐベッドに向って行った。せつなそうにくんくん鳴く。足が短すぎて飛び乗れないらしいので、抱きあげて乗せてやると、犬はたちまち礼那を起こすことに成功した。顔を舐め続け、悲鳴まじりの笑い声をあげさせることによって。

犬のトイレの始末をし、あちこちの窓をあけて風を通す。七つの鉢植えを見てまわり、土が乾いているものにだけ水をやった。グルマンに、ドッグフードと輪切りのきゅうり（それがミセスパターソンの指示だった）をたべさせてから、逸佳は自分たちの朝食の準備にとりかかった。

卵もオレンジも食パンもゆうべ自分たちで買ったものではあったけれど、台所に立って、冷蔵庫をあけたりトースターを使ったり、食器を借りたりしていると、ここに住んでいる人になった気がするのが奇妙な感じだった。

「洗濯機を使ってもいいと思う？」

シャワーを浴びたばかりで、濡れた髪とつるつるの肌をした礼那が訊いた。

「乾燥機もついてるから、干さなくて済むし」

ミセスパターソンから、それについての指示はなかった。

「うーん、どうだろう」

それで逸佳はそう言ったのだが、

「いいんじゃないかな、たぶん」

と、結局こたえた。自分たちが使った客用寝室のシーツや枕カヴァーも、でて行く前に洗っておく方がいいだろうと思ったからだ。

「わーい。機械でしっかり洗濯できるの嬉しいな。いつかちゃんのも一緒に洗ってあげるよ」

礼那が言い、切ったばかりのオレンジに手をのばしたとき、玄関のチャイムが鳴った。グルマンがきゃんきゃん吠えて、玄関に突進する。逸佳は礼那と目を見合せた。

「息子かな」

礼那が言い、

「かも」

と逸佳はこたえ、にわかに緊張した。チャイムがもう一度鳴る。

礼那がグルマンを抱きあげるのを見届けてから、逸佳はドアをあけた。立っていたのは女性で、逸佳と礼那を見て驚いた顔をした。

「ジョアンナはいる？」

ぎこちない笑顔をつくってそう訊いた女性は、背も横幅もたっぷりとあり、やわらかそうなセーターとスウェットパンツ、足元はスニーカーという恰好だった。

「ミセスパターソンは病院にいます」

逸佳は言った。

「きのう、事故に遭って」

女性は目を見ひらいて息を吸い込み、「ジーザス」と呟いた。

「でも、彼女は大丈夫です」

横から礼那が補足する。

「大丈夫っていうか、生きてます」

女性はミセスステュアートと名乗り（だから逸佳にも礼那にも、この人がミセスパターソンの〝ノットグッド〟な隣人だとわかった）、ジョアンナはいつも早起きなのに、エントランスの郵便受けに朝刊がささったままになっているから、心配になって来てみたのだと説明した。

「それで、あなたたちはジョアンナの……？」

文章を完成させずに質問し、親戚でも何でもないという意味で逸佳が「ノー」とこたえた声と、「ドッグキーパーです」とこたえた礼那の声が重なった。

「ドッグキーパー？」

訊き返したミセスステュアートの声にも表情にもあからさまに不審の念が滲んでいたが、礼那はまったく意に介さず、

「イエス」

と言ってにっこりする。

「でも、どういう関係なの？　あなたたちのご両親とジョアンナがお知り合いとか？　というか、その、あなたたちは韓国人？　それとも……？」

ミセスステュアートは、また文章を完成させずに質問した。

「日本人です」

逸佳はこたえ、

「息子さんか娘さんが到着するまでここにいてほしいって頼まれたんです。それから、ええと、犬の世話係も」

と説明した。さらに幾つか質問され、逸佳は何とか英語を組み立てて返答したが（礼那は「洗濯してくる」と言って、グルマンと一緒に奥に入ってしまっていた）、ミセスステュアートは最後まで納得のいかない顔つきのまま、息子さんか娘さんが到着したら、私どもの家に寄るように伝えてほしい、と言い置いて帰って行った。その後ろ姿を見送りながら、逸佳はミセスステュアートが、「心配になって来てみた」と言ったわりには、ミセスパターソンの容態も、入院している病院の名前も尋ねなかったことに気づく。まるで、「生きてます」という礼那の説明で十分だったかのように。

起きたのが遅かったので、朝食と洗濯と犬の散歩を終え、〝ブルーのガウン〟を持って、ヘルスラインと呼ばれるバスに乗り、病院に着いたときには午後三時になっていた。グルマンはアパートに置いてきたので、誰かに咎められる心配をせずになかに入れることが、礼那は嬉しかった。きのうは見知らぬ場所だったのに、建物自体も前庭も駐車場も、すでに馴染みの場所である気がすることも。

いつかちゃんは、途中で買った小さな花束を持っている。スプレー咲きの黄色いバラで、いつかちゃんはそれを、「台所のテーブルクロスが黄色だから」、ミセスパターソンは黄色が好き（か、すくなくとも嫌いではない）に違いないと思って選んだのだった。

病室の戸はあいていた。男の人の声がしたので、ミセスパターソン以外にも誰かいることがわかった。

「こんにちは」

礼那は声をだしながら入ってみた。

「お加減いかがですか？」

ミセスパターソンはベッドに横たわり、目を閉じていた。点滴の管はもうつけていないけれど、包帯とコルセットにはさまれた小さな顔は、苦痛に歪(ゆが)んでいるように見える。

「ああ、きみたちだね、母が言っていた女の子たちっていうのは」

そばに立っていた男の人が言った。

「お礼を言わなくちゃならないね」

近づいてくるというより、礼那とベッドのあいだに立ちはだかるみたいに移動して、微笑む。低くてしっかりとした、よく通る声だった。

「旅行中だと聞いたが、迷惑をかけてしまったね。荷物は持ってきた？」

息子だということがいまは礼那にもわかっているその男の人は、微笑んだまま言葉を重ねる。だいぶ白髪のまざった髪と、上等そうなスーツ。それに、高級デパートの一階みたいな匂いをさせている。

「荷物？」

礼那は訊き返し、ガウンのことだろうかと考えて、肩にかけていた布の袋からそれをとりだした。たたんで、スーパーの袋に入れてあるガウンを。

「何かな」

受け取ると男の人は言い、中身をだした。

「これを持ってきてほしいって、ミセスパターソンに頼まれたので」

「あの」

いつかちゃんが口をひらいた。

「ミセスパターソンのお加減はいかがですか？」

「ああ、大丈夫（オールライト）だよ、心配ない」

男の人がこたえると、

「ノー」

という声がして、ミセスパターソンが目をあけていた。

「私はちっともオールライトじゃないわ。とても具合が悪いの。めまいがひどくて、耳鳴りも止まないのよ」

「母さん」

男の人は小走りにまた移動して、ミセスパターソンの頭のそばにかがみ込む。

「だから寝ていなきゃ。彼女たちのことは僕が何とかするから」

「ノー」

ミセスパターソンはまたそう言った。ベッドのハンドルを指さし、背を起こすようにと息子に指示すると、

「彼の名前はリチャードよ」

と教えてくれた。そして、

「名乗りもしないなんて失礼ですよ」

と、息子にというよりひとりごとみたいにぶつぶつ呟く。背中がすこしずつ起きあがっていくあいだじゅう、ミセスパターソンはきつく目を閉じて眉間にしわを寄せていた。

「はじめまして」

礼那は名前の判明した息子に言った。

「事故のこと、お気の毒です」

リチャードは「ありがとう」とこたえたけれど、礼那の方は見なかった。

「彼女がレイナで、彼女がイッカよ」

再び目をあけたミセスパターソンが言い、

「ゆうべはよく眠れた？」

と、礼那といつかちゃんを交互に見ながら訊いた。ぐっすり眠れたと二人ともこたえ、いつかちゃんはミセスパターソンにバラを渡した。

「ありがとう。黄色は私の好きな色よ」

グルマンが元気にしていることと、洗濯機を借りたこと、それにミセスステュアートがやってきたことを報告すると、ミセスパターソンは「よかった」と言って微笑んだり、「全然かまいませんよ」とこたえたり、ただ顔をしかめたり（その順番に）した。

「さて」

よく通る艶やかな声で、リチャードが唐突に言った。

「きのうもきょうも、母がお世話になったことにもう一度お礼を言うよ。アパートの鍵を返してくれたら、駅まで送って行こう」

さっきこの人の言った荷物というのは、二人の旅行鞄をさしていたらしい。礼那がそう気づいたとき、ミセスパターソンがきょう三度目の「ノー」を口にした。

「あなたがアパートに泊らないなら、彼女たちに泊ってもらいます」

と息子に、

「リチャードは仕事が忙しくて、もうデトロイトに帰るのよ」

と礼那たち二人に言う。

「そうしないと妻が怒るの。この人はお尻に敷かれてるの」

「母さん！」

リチャードは怒った声をだしたけれど、否定はしなかった。かわりに、

「赤の他人を家に入れるわけにはいかないだろ？」

と言った。

「素姓もわからない子たちなんだよ？　アメリカ人ですらない」

ミセスパターソンは息子を完全に無視した。

「デアってわかる？」

礼那に訊く。

病院内のカフェテリアは広々としており、ガラス越しに裏庭が見渡せた。枯れた芝生、干からびた蔓(つる)がからまっているだけの藤棚、そして、子供を象(かたど)った石膏像(せっこうぞう)。ラージサイ

ズのソーダを手にしたリチャードは、窓際のテーブルを選んだ。

「それで？」

腰をおろすと、にこやかに訊く。

「それで？」

逸佳は訊き返した。

「つまり……、我々はどうするべきだろうね」

「わかりません」

逸佳は正直にこたえる。買ってもらったコーヒー――自分で払いますと言ったのだが、リチャードはとりあってくれなかった――を一口のむ。わがままですね、あなたのお母さん。心のなかで言った。まるでそれが聞こえたかのように、リチャードは大きなため息をつく。

「全部大きいね」

隣で、礼那が日本語で言った。

「身体も態度も、手も足もため息も、この人は全部大きい。ついでにソーダも」

でもその大きなリチャードが、いまは前かがみになって身を縮め、弱々しい小声で話している。

「最大限努力すれば、今夜泊ることはできる。でも、あしたは早朝にこちらを発つ必要があるし、あしたこっちに戻ることはできない。あさっての夜なら何とかなるかもしれないが、翌朝には向うにいなくてはならないし、来週ならたぶん二日間くらい――」

逸佳も礼那も返事をしなかった。それでは意味がないことは、さっき病室ではっきりしていたし、この人の都合など、自分たちにはどうでもいいからだ。問題は、ミセスパターソンがグルマンを動物病院には絶対に預けないと言い張っている点で、動物アレルギーだというリチャードの妻が、デトロイトの自宅にグルマンを持ち込ませないことなのだ。

「カナダにいるっていう妹さんは、いつごろいらっしゃれるんですか？」

逸佳は尋ねたが、リチャードの返事は「わからない（No idea）」だった。アイドンノウではなく、ノーアイディア。何度も電話をしているのにつながらないとかで、「彼女はあまりあてにできない」らしい。

「ていうか」

礼那がまた日本語で言った。

「ここでこの人と話してても無駄じゃん？　暗くなってきたし、お腹すいたし、グルマンも待ってるから帰ろうよ」

日本語のわからない人の前で日本語を使うのは失礼だと知っている礼那が、こんなに日本語を使うのは珍しいことだった。リチャードのことが、よほど気に入らないのだろう。

「ミセスパターソンに〝デア〟を買ってくる約束をしたから、どっちみち、れーなたちもあしたまではここにいなきゃならないんだし」

その通りだと思ったので、

「じゃあ、私たちは行きます」

と、逸佳はリチャードに英語で言った。

「あなたが今夜あのアパートに泊るのであれば、私たちはホテルに泊ります。あしたまで」

「で、そのあとは？」

「シカゴに行きます。バスで」

リチャードはあきらかにほっとした顔をした。が、それも、礼那が逸佳よりずっと流暢(りゅうちょう)な英語で、

「でも、その場合、グルマンもホテルに連れて行きます。必要ならシカゴにも」

と言うまでのことだった。

クリーヴランドは住みやすい街だ。礼那はノートにそう書いた。ミセスパターソンのアパートの、客用寝室のベッドに腹這(はらばい)になって。外は雨が降っていて寒いが、室内は乾

いていて暖かく、快適だった。ペンを持つ礼那の腕に半ばもたれかかる恰好で、すぐそばにグルマンがまるまって寝ている。書きにくかったが、腕に感じる重みも毛の感触も、動物の体温も気持ちがよくて、礼那はグルマンを起こしてしまわないように、できるだけ腕を動かさずに書こうとした。公共の交通機関が充実していて、電車と普通のバスの他に、ダウンタウンを循環するトロリーバスが十分おきにでていることや、病院のスタッフがみんな親切で有能なこと（マリアという名前の看護師さんと、礼那は仲よくなった）、すごくいいマーケットをミセスパターソンに教えてもらったことも書いた。そのマーケットは赤レンガでできた大きな立派な建物で、アパートからは、レッドラインと呼ばれる電車に乗って、川を越えて行く。そのときに見える景色がまた気持ちいいのだ。蛇行する川の水面に日ざしが反射して、ちらちらきらきらぴらぴら光る。マーケットにはドイツのソーセージやフランスのパテ、ギリシャのパンや壜詰め、スイスのチーズといったヨーロッパの食材が、店ごとにぎっしりならんでいる。

「雨、やまないね」

沈んだ声で、いつかちゃんが言った。

「うん」

礼那はこたえ、さらに書く。全部書いておきたかった。ミセスパターソンがすこしずつ回復していることも、〝グッド〟なご近所さんのミラベルがほんとうにいい人で、会社の帰りによく病院に立ち寄ってくれることも。ここに泊るようになってからずっといつかちゃんが料理をしてくれていることも、それがけっこうおいしいことも。書いておかないと消えてしまう。大事なことかどうかは関係なかった。むしろ、大事なことなら憶えているだろうから書かなくてもいいのかもしれず、だから大事じゃないことの方が大事で、ともかく礼那は、事実にひとつも消えてほしくないのだった。

「私たち、ここで何やってるんだろう」

いつかちゃんが呟く。憂鬱そうな声だ。リチャードに会って以来（というか、リチャードが来ても結局事態が変らず、ここに泊り続けることになって以来）、いつかちゃんはずっと憂鬱そうにしている。

「人助けだよ」

礼那はこたえた。

「これは人助けで、人助けっていうのは〝すごいこと〟だよ」

それに犬助けでもある、と礼那は思う。「ねー？」と同意を求めながらグルマンに顔をこすりつけると、グルマンはとび起きた。

「そうかもしれないけど、でも、いつまで？」

いつかちゃんが言う。

「私たち、もう移動しなきゃ」

と。

「まあ、そうだけど」

礼那は言い、ベッドからおりた。

「ここの防音、すごいね」

窓の外を見て呟く。雨も風も激しそうなのに、音がまったく聞こえなかった。

ミセスパターソンが入院して、きょうでまる六日になる。そのあいだに、息子のリチャードは二度やってきたが、二度ともすぐに帰ってしまい、娘という人はまだ現れない。ミセスパターソンが退院するまで、自分たちはここにいることになるのかもしれないと、礼那は思い始めている。マリアの話では、問題はめまいで――機械で測定すると、一分間に五十数回も、眼球が振盪(しんとう)しているのだそうだ――、それさえ治まれば退院できるらしい。

「ここ、いい街じゃん?」

礼那は言ってみる。〝家〟があるみたいな気分も、毎日の犬の散歩も気に入っていた。慣れた感じで電車に乗って、川を見たりマーケットに行ったり、〝いつもの〟病院にお見舞に行ったりすることも、ミセスパターソンとグルマンの役に立っているという事実も。

「ここ、いいアパートだし」

つけ足すと、いつかちゃんは顔をしかめた。

「でも、私たち、絶対ミセススチュアートに怪しまれてるよ」

と言う。

「見張られてるみたいで頭にくる」

と。いつかちゃんは憂鬱そうなだけじゃなく、ちょっとイライラしてもいるのだ
(〝ノットグッド〟なミセススチュアートとやけにしょっちゅう顔を合せることは、礼那だってうれしくはなかったけれども)。クリスに会えないからかもしれないと、礼那は思う。ボストンから戻るクリスを待つあいだは滞在の延長をいやがらなかったのだから、旅が停滞していることだけが原因ではないはずだ。

のどが渇いたので台所に行くと、グルマンもついてきた。

「だーめ。まだごはんの時間じゃないでしょ?」

礼那は言ったが、犬がごはんを欲しがっているわけではないこともわかっていた。そうではなく、いつも礼那のあとをついてくるのだ。そして、礼那はそれがうれしい。いつかちゃんには悪いと思うけれども。

冷蔵庫からオレンジジュースをだしてコップに注いでいると、

「散歩に行ってくる」

という声がうしろからした。

ンをはめていた。

「散歩？　でも雨だよ」

ふり向いて言った。が、いつかちゃんはすでに紺色のコートを着て、両耳にイヤフォ

ヒップホップは、アメリカに来てから好きになった。ヴァニラ・アイスの〝アイス・アイス・ベイビー〟を聴きながら、逸佳は坂道を下る。土砂降り、という言葉がぴったりの降りようだ。一歩ごとに跳ねる水が、スウェットの裾に早くもしみ込んできている。耳奥には音楽が、鼻腔（びこう）には濡れた冬の街の匂いが、それぞれどっとなだれ込んでくる。アパートから持ちだした傘は小ぶりで、柄にタッセルがついている。勝手に使っていることを、逸佳は悪いとは思わなかった。

足止めされているお陰で、この近所にすっかりくわしくなった。駅やバス停、銀行や本屋や郵便ポストの場所のみならず、いちばん傾斜のきつい坂がどこかも、グルマンの気に入りのトイレスポットがどこかも知っているし、礼那が〝とんがり屋根〟と呼ぶタワーミナルタワーが、どこから見えてどこから見えないか、も知っている。

何度か買物をしたパン屋の前を通りすぎ、ミセスパターソンの事故現場を通りすぎ（いまもぞっとする）、道を渡って市庁舎前の広場に入る。散歩にでたのはアパートにじっとしているのがいやになったというだけのことで、これといった目的があるわけでは

なかった。

　クリスと再会したのも雨の日だった、と逸佳は思いだす。マンチェスターのバーガーキングの窓際の席、逸佳は傘を持っていなかったが、雨はいまよりもずっと小降りで、店のなかは客がすくなく、静かだった。ついこのあいだのことなのに、ずっと昔のことに思えた。クリスについて多少は知っているいまの方が、全然知らなかったあのときよりも、クリスを遠く感じる。バーガーキングで、逸佳はコーヒーを二杯のんだ。コーヒー二杯分の時間がいまはなつかしかった。

　広場を越え、さらに歩く。アパートから遠ざかれれば遠ざかれるほどよかった。礼那の言う通り、確かにアパート自体の居心地はいい。お金もかからないし、ここ数日、礼那と博物館に行ったり美術館に行ったりもできた。でも――。他人の家族内のごたごたに巻き込まれているという事実が、逸佳の気持ちを一日ごとに重くしている。どう考えてもあの親子には問題がある。そうでなければ、ああいうお金持ちっぽい人たちが、他人に家を任せたりするはずがないのだから。

　轢き逃げ犯はまだつかまっていない。事故に遭ったミセスパターソンは気の毒だが、逸佳と礼那が自分の言うことを何でもきくと思い込んでいるようなのはどうなのか、と思うし、リチャードの役立たずぶりと傲慢さはさらにひどい。病院のカフェテリアで、結局「母の言う通りにしてほしい」と言ったときにも、頼むというより許可するような態度だった。「万が一のために（Just in case）」とか言って、二人のパスポートまでチェックしたのだ。思いだすと、また腹が立つ。ともかく逸佳はこの街ともあの親子とも離れて、礼那と二人で旅を続けたかった。ガイドブックによれば〝風の街〟とも呼ばれるらしい大都市のシカゴを見て、どんなところか想像がつかないけれど、西部に行く。アリゾナとか、ワイオミングとか。そして、いつか旅が終ったら、ニューヨークに帰る前にクリスのところに寄れるかもしれないとも考えていた。

イヤフォンからはジェイ・Zが流れている。このまま歩き続ければ湖にでる。スウェットの裾はもうびしょ濡れだったが、そこまで行ってみようと逸佳は決めた。空とおなじくらい灰色に違いない水面に、無数の雨粒が落ちる風景を見てみたかった。

玄関チャイムが鳴ったとき、礼那はてっきり鍵を持って行かなかったいつかちゃんだろうと思った。そうでなければ、様子を見に来たミセスノットグッドだろうと。

きゃんきゃん吠えるグルマンを抱いてドアをあけると、そこに立っていたのは知らない女の子だった。白人で、小柄で、いつかちゃんより幾つか年上に見える。そして、髪も顔も服もずぶ濡れだ。

「ハイ」

礼那を見ると、恥かしそうに微笑んで言った。黒いコート、黒いジーンズ、黒いリュックサック、赤いスニーカー。目のまわりのお化粧があり得ないほど濃く、それが滲んで、無残なことになっている。

「ハイ」

礼那は挨拶を返した。腕のなかでグルマンがもがき、女の子は濡れた腕をのばして、

「ハイ、グルマン」

と言いながら、犬を抱き取ろうとした。礼那は咄嗟に身をひいた。女の子は無害そうに見えるし、グルマンの名前も知っていた。でも、だからといって、犬泥棒ではないとは言いきれない。ミセスパターソンからあずかっている以上、礼那としてはこの犬を、守る義務があると思った。

女の子はびっくりした顔をした。心外そうな顔を。

「あなた誰?」

礼那は尋ねたが、その場を決定づけたのは、礼那の腕のなかで暴れ、キュー ン、と、悲しげに鳴いたグルマンの声だった。

「ヘイリーよ。ジョアンナの孫の」

という女の子の言葉を礼那は疑わなかったし、

「まあ、そうだったの。ごめんなさい」

と、だからすぐに謝って、グルマンを渡した。抱き取られたグルマンは全身に喜びを

張(みなぎ)らせ、ヘイリーの顔――滲んだ化粧のせいで、かなりホラーっぽくなっている顔――を滅茶苦茶に舐めた。

「ハニー、ハニー、十分よ。オーケイ。十分。十分だってば」

再会を喜び合っている二人をその場に残して、礼那はバスルームにタオルを取りに行く。

濡れて寒いに違いないと思い、

「いま紅茶をいれるね」

と、居間でタオルを使っているヘイリーに言うと、

「いいの、いいの、気にしないで。私はお茶よりもビールの方を好むの」

という返事だった。礼那の目の前で、ヘイリーはコートを脱ぎ、靴下を脱ぎ、ジーンズを脱ぐ。上半身にはシャツとセーターが重ねられているが、下半身は下着一枚だ。びっくりして一瞬だけ見てしまったが(ヘイリーの脚は白くて細くて筋肉質で、爪先の赤いペディキュアは半分以上はげてしまっていた)、すぐに礼儀を思いだし、礼那は台所に避難した。冷蔵庫をあける。

「ビールはないみたい」

すでに知っていたことを(でも実際に見て確認して)言うと、

「知ってる。だから買ってきた」

という声が返った。礼那は自分用にコーラを一缶とりだして、居間に戻った。もう服を着ただろうと思ったのだが、ヘイリーはさっきとおなじ恰好のまま、濡れたリュックサックにかがみ込んでいた。頭を軽くのけぞらせ、ごくごくとのむ姿はお風呂あがりみたいだ。礼那がプをあける。頭を軽くのけぞらせ、ビールの六缶パックをとりだすと、一缶はずしてプルトッ

「ああ、おいしい」

缶を口から離すと、ヘイリーは言った。

「生き返る」

と。それから、その続きみたいに、

「あなたたちのことはママから電話で聞いていたけど、さっき病院でおばあちゃんからも聞いたわ」

と言った。

「おばあちゃん、あなたたちにすごく感謝してた」

よかった、と礼那はこたえたが、ヘイリーに、早く服を着てほしかった。

「寒くないの？」

それでそう尋ねたが、ヘイリーはそれにはこたえず、

「伯父（おじ）が失礼なことを言ってごめんなさい」

と、いきなり詫びた。

「おばあちゃん、そのことを気にしてたわ」

伯父――。ということは、ヘイリーはカナダにいるというミセスパターソンの娘の娘で、リチャードの娘ではない。礼那は、なぜかそのことにほっとした。よかった、と思った。

「彼、ほんっっとに小心者なの。悪い奴じゃないんだけど」

ヘイリーは言い、椅子の背にかけてあったコートのポケットから何かとりだした。

「ノー」

礼那が止めたのは、それがタバコだったからだ。ミセスパターソンから渡された紙の最後に、ひときわ大きな（しかもアンダーラインつきの）文字で、ノースモーキング、ノーパーティと書いてあった。そう説明したのだが、ヘイリーの返事は「ノープロブレム」だった。

玄関に、礼那はとびだしてきた。歩いているあいだ、雨音に負けないようにiPodのヴォリウムをあげていたので、従妹の言葉は聞こえなかったが、誰かが来ていることはわかった。でかける前とは違う匂いがしていたからだ。香水？　化粧品？　そのような匂いと、かすかだが、煙草の匂い。イヤフォンをはずすと、ノーティ・バイ・ネイチャ

ーの声が遠ざかり、

「……お金がないからヒッチハイクで来たんだって」

という礼那の声が聞こえた。

「孫っていっても、リチャードの娘じゃないんだよ」

カナダに娘がいるって言ってたでしょ、その娘の娘なの――。礼那の説明を聞きながら、逸佳は傘を壁に立てかける。礼那が、なぜ慌ててたくさん喋ろうとするのかわからなかった。

「ただいま」

逸佳は言い、従妹の横をすり抜けてアパートに入る。居間の床で、腰から下にバスタオルをかけた若い女が眠っていた。

「真夜中に向うをでて、寝ないでヒッチハイクしてきたんだって」

言い訳をするような口調で礼那が言う。部屋の空気は澱(よど)んでいて、ビールの缶が二つとコーラの缶が一つ、テーブルにのっている。ポテトチップスの袋と、灰皿代りにされたソーサーも。

「誰？　この人」

逸佳は訊き、外がすでに暗いことも、雨が降っていることもかまわず、思いきり窓をあけた。

新太郎は、まずサンダーで床の疵(きず)を削った。次に砥粉(とのこ)を水で練り、できてしまった溝を埋める。スクレーパーを使って、一つ一つ丁寧に均(な)らした。昼食をはさみ、録画しておいたドキュメンタリー番組を観ながら、砥粉が乾くのを待つ。番組は、スイスの小さな村に住む少年を追ったもので、十四歳だというその少年は、誰にも習ったことがないのに、教会のオルガンを驚異的なテクニックで弾きこなし、のみならず、見事に形式に則(のっと)ったフーガ(なぜかフーガばかり)を作曲する。

そんなテレビ番組を観たせいでフーガが聴きたくなり、新太郎はバッハのCDをプレイヤーにのせた。紙やすり――二百番のもの――を手に、乾いた砥粉の表面をなめらかにする作業のあいだじゅう、だからバッハがかなりの音量で流れ、新太郎はその音楽に埋没しつつ、やすりかけにも没頭できた。無心になれるこういう作業が新太郎は昔から好きだ。とはいえ、フローリングの床が疵だらけで、雑巾がけをしようとすると、ささくれた木がひっかかるから直してほしい、と妻に頼まれたのはもうかなり前で、任せておけとこたえたものの、いざ実行するまでには、思いのほか時間がかかってしまったのだったが。

その妻は、朝からでかけている。美容室に行き、そのあとで友達と会って、丸の内の美術館でやっている展覧会を観てくると言っていた。おもてはよく晴れていて、外出日和だ。都心の銀杏の黄色い葉が、ちょうど見頃かもしれない。

腕がだるくなり、顔から汗がしたたった。窓をあけてあるにもかかわらずだ。やすりかけが、全工程のなかでいちばん体力的にきつい。

ニス塗りの前に休憩をするべく立ちあがり、腰をのばした。台所に行き、冷蔵庫から水をだしてのむ。扉にマグネットでとめられた、逸佳からの四枚の葉書――。ここまでか、と思うと残念な気もしたが、まあ、仕方のないことなのだろう。逸佳に持たせているクレジットカードを止めるという判断は、ゆうべ夫婦で話し合ってした。それまでにも、潤からはそうしてほしいと再三言われていたのだが、新太郎には、娘たち二人の旅を応援してやりたい気持ちがあった。金もなしにアメリカをうろつかせる方が、より危険だという思いもあった。が、ゆうべ妻に、「理生那ちゃんたちには理生那ちゃんたちの教育方針があるんだから」と言われた。妻が潤から聞いたところによると、これ以上礼那が学校を欠席し続ければ、留年が決定してしまうらしい。こっちの学校は、そういうところはシビアだから、と言った潤の声は、「苦りきって疲れきった感じだった」そうで、「留年しちゃったら、礼那だってかわいそうよ」というのが妻の意見だった。「一度の旅としては、もう十分なんじゃない？」ともまた妻は言い、結局それが決め手になった。

道具箱から刷毛をとりだし、指で揉んで毛束をやわらかくしながら、残念だという気持ちを新太郎は追い払った。逸佳にも礼那にも、この先、旅をする時間はいくらでもある。

缶をあけ、ひさしぶりに嗅ぐニスの匂いに奇妙ななつかしさを覚え、新太郎は頰をゆるめた。フローリング用のニスは透明でとろみがあり、子供のころに割り箸にからめて舐めた水飴（みずあめ）を連想させる。床全体にこれを塗り終えるころには妻が帰ってくるはずだ。夕食の材料は買ってくると言っていたが、おそらく外食することになるだろう。そのころにはニスの匂いが家じゅうに充満しているだろうし、妻はそれを〝なつかしい〟とは形容しないはずで、匂いのしない空気のなかで食事をしたいと望むはずだ。加えて、いつも夕食後に寛（くつろ）ぐリビングを、ニスが乾くまで立ち入り禁止にしなくてはならないという事情もあった。あの蕎麦屋（そばや）かあの中華かあのイタリアン、と、候補の店を三軒、新太郎は刷毛を動かしながら頭に思い浮かべる。

夕食は、グリーンサラダ（グレープフルーツ入り）とオムレツで、逸佳はそれを三人分作った。ヘイリーの分も。喫煙癖は歓迎できなかったが、実の孫がやってきた以上（礼那の話では、彼女はしばらく滞在するそうだ）、自分たちはすぐにもここを離れられるはずで、大切なのはそこだった。グルマンと別れなければならないことを、礼那が淋しがるに違いないにしても。

昼寝――というか、夕方寝――からさめたヘイリーは食欲旺盛で、サラダとオムレツをきれいに平らげたばかりか、ミセスパターソンの冷凍庫に入っていたベーグルを解凍し、クリームチーズをつけてたべ始める。ベーグルをちぎる手つきが荒々しくて、逸佳はつい見とれた。

「いつかちゃん、聞いた？　二十トントラックだって。ヘイリーってほんとうにおもしろいね」

礼那が言う。

「ごめん。聞いてなかった」

食事のあいだずっと、おもに礼那がヘイリーに質問をする形で会話が進んでいたのだが、この、突然現れたミセスパターソンの孫娘が二十四歳で、職業がミュージシャンであること（担当はベースで、でも曲によってはヴォーカルもすること）、好物が肉であること、テネシー州に住んでいること、その前はヴァージニア州にいて、そこの大学を半年でドロップアウトしたこと、あたりまで聞いて、集中力が途切れてしまったのだった。そのあと、ヘイリーが礼那に〝銭湯〟について何か質問していたことは憶えているのだが――。

「あのね、ヘイリーの子供のころからの夢はね、二十トン以上のトラックの運転手さんと結婚して、三人以上子供を産むことなんだって」

礼那が説明する。

「それなのに、いまつきあっているボーイフレンドはただのミュージシャンで、運転手さんになってくれる気はさらさらないんだって」

逸佳は驚いてしまう。話の中身にではなく、この短時間に、二人がそんなに個人的な話までしていたということに。

「彼ってどんなひと？」

礼那がヘイリーに尋ねる。

「カエル顔」

ヘイリーが即答し、礼那は一瞬きょとんとしたあとで、弾けるみたいに笑いだした。

「何それ、どんな顔？　ていうか、ヘイリー、どんなひとって訊かれて、最初にでてくるこたえがそれ？」

ベーグルをたべ終えたヘイリーは、クリームチーズのついた指を舐めながら、

「キーボードの腕はまあまあだけど、作曲の才能はあると思う」

と補足した。逸佳は立ちあがり、自分と礼那の使った食器（とフライパンとサラダボウル）だけを洗った。ヘイリーの皿はまだテーブルにあるのだし、すべてを自分が洗う必要もないだろうと思ったからだが、それだけ残すというのも感じが悪いだろうと思い直し——こんなことで逡巡（しゅんじゅん）するところが、自分は小さいのだと若干へこみもしながら

——、結局全部洗った。水音にもかかわらず、うしろで礼那がヘイリーの質問にこたえて、クラスに〝キュート〟な男の子が一人いる、と言うのが聞こえた。でも、その子にはもうガールフレンドがいるからだめなの、と言うのも。初耳だった。もちろん他愛のないお喋りだ。それはわかっている。が、それでも礼那がこれまで自分に一度も話さなかったことを、ヘイリーに話しているのは心外だった。会ったばかりなのに。

「れーな、グルマンにごはんをやる時間じゃないの？」

逸佳は言い、

「お風呂に入ってくる」

とつけ足して、台所をあとにした。


グルマンにごはんをやった（トッピングのきゅうりはヘイリーが刻んでくれた）あと、礼那は客用寝室に行き、携帯電話をとりだした。クリスに連絡するためだ。いまいつかちゃんが必要としているのはクリスに違いなかったし、会わせてあげることはできなくても、クリスに頼んで、いつかちゃんに電話かメールをしてもらうことは可能なはずだ。でも、どう伝えればいいだろう。いつかちゃんが淋しがってるから連絡してあげて、と言うわけにはいかない。直接的すぎてクリスが驚いてしまうだろうし、いつかちゃんに激怒されてしまう。ハーイ、クリス、元気？　と、まず言って、私たち、いまクリーヴランドにいるんだよ、と続け、すこし普通にお喋りをして、「イツカは元気？」とクリスに言わせるのはどうだろう。「きみの従姉はどうしてる？」でもいい。そうしたら、いまここにいないの、と言うことができるし、元気かどうかは直接訊いてみて、と言うこともできる。

かわいらしいキルトの掛けられたベッドに腰をおろして、礼那は旅にでて以来はじめて自分の携帯電話の電源を入れた。画面があかるくなり、now loading の文字が現れる。山のような着信履歴（と、メールの受信履歴）がでることは想定内だった。友達からのものも幾つかは交ざっているが、前半はほとんどが両親のどちらかからで、後半は――これは想定外だったが――、見事に全部いつかちゃんからだった。スクロールだけはしたものの、礼那はしっかり気をつけて、どの録音メッセージも再生せず、どの受信メールもひらかなかった。それなのに、ついうっかりLINEを確認してしまい、そこにはもちろんシエラからのメッセージが、彼女のアイコン――果汁をしたたらせた、半割りのオレンジ――と共に、ずらりと表示されていた。

〝風邪だって？　大丈夫？〟〝生きてるの？〟〝おーい〟〝逃亡だって？　クール！〟〝元気？　どうしてるの？〟〝会いたいよ。連絡して〟〝まじやばい〟〝私のこと憶えてる？〟〝みんな心配してるよ。早く帰ってきて〟

そして、最後の一つは〝どこにいるの？〟だった。Where are you?

礼那は茫然とする。なつかしいシエラに、ものすごく悪いことをしていると思った。返事を書くべきだとわかっていたが——だって、メッセージをすべて既読にしてしまった——、伝えたいことを伝えるのに、どんな言葉なら無理じゃないのかわからなかった。〝私は元気です〟はノーテンキすぎて無理。〝会いたいよ〟は都合がよすぎて無理。〝ごめんね〟はつめたい感じでもっと無理だし、〝怒らないで〟と、〝待っててね〟は、えらそうで無理だ。

礼那は電源を切った。他にどうしていいかわからず、「シエラ」と声にだして言う。「旅のこと、内緒にしていてごめんね。クリーヴランドにいるの、従姉といっしょに。元気だから心配しないでね。怒らないで。待っててね。誓って言うけど、ほんとにほんとに会いたいよ」

声にだすとすこしだけ落着いて、いまの言葉をそのまま——地名だけは省いて——葉書にすればいいと思いついた。そうだ、そうすればいい。

パジャマがわりのTシャツとスウェットパンツを着て戻ってきたいつかちゃんに、買い置きしてある葉書を一枚もらって、礼那はすぐにそれを書いた。最後には「LOVE」もつけた。クリスに連絡することは、すっかり忘れてしまっていた。

翌朝、目をさますと雨はあがっていて、寝室には冬の、色の薄い日ざしがいっぱいにさし込んでいた。大きな洋服だんす、レモンの木の版画、あかるいクリーム色のカーテン。この部屋とももうじきお別れだと思うと（いつかちゃんは、ミセスパターソンにきちんと挨拶をしたら、すぐにもシカゴに出発すると言っていた）、何もかも貴重な気がした。よーく見ておこう、と、ベッドからでた礼那は思う。この部屋も、銀色の冷蔵庫のある台所（テーブルにかけられたクロスは黄色）も、昼でも暗く、ひんやりしている玄関も、きちんと整理整頓され、死んだ夫と思われる人の写真が枕元に飾られたミセスパターソンの寝室も、殺風景なほど何もなくて清潔なバスルーム（シャワーカーテンはラヴェンダー色）と家事室も、あちこちに置かれた合計七つの鉢植えも、二か所（リビングの隅と、ミセスパターソンの寝室の隅）に置かれたグルマンのトイレも、よーくよーく憶えておこう。

「おはよう」

台所に入っていくと、いつかちゃんとヘイリーが向い合って坐り、コーヒーをのんでいた。おはよう、が二重奏で返る。

「グルマンはどこ？」

礼那は二人に尋ねる。ここに泊っていたあいだ、グルマンは毎朝礼那を起こしにきてくれた。今朝現れなかったのは、ゆうべ、ヘイリーといっしょに眠ったからだろう。グルマンはヘイリーが好きだ。

「そっち」
も二重奏だった。二人がそれぞれ目と手で示した〝そっち〟──リビングのソファの上──で寝ていたグルマンを抱きあげ、そばにあったリモコンも取ってテレビをつける。グルマンはまだ眠たげだったが、それでも礼那の腕のなかで首をもたげ、礼那のあごを二、三度舐めた。テレビ画面には天気予報が映っている。ここ中西部はのきなみお日さまマークだ。

朝食のあと、礼那は一人でグルマンの散歩にでた。いつかちゃんとヘイリーがまだ台所で話し込んでいたからで、でも、それは喜ぶべきことだった。きのうのいつかちゃんは、ヘイリーに対してあんまり感じがよくなかったし、それは残念なことだったから。

天気予報どおりの冬晴れで、頭のてっぺんがあたたかい。礼那はグルマンの運動のために足を速めて歩き、でもパン屋の近くだけは、ゆっくり歩いていい匂いをたのしんだ。ポストにシエラへの葉書を投函し、坂の上から、とんがり屋根の建物を眺めた。きょうはいい日になりそうな気がした。

病院に向うバスの座席にならんで腰をおろすと、
「ヘイリーと、今朝何の話をしてたの？」
と礼那に訊かれた。ななめ前の座席にはそのヘイリーもいて、膝の上にひろげた雑誌に目を落としている。

「いろいろ」

逸佳はこたえ、

「れーなの言うとおりだった。あのひと、おもしろいね」

と認めた。

「よかったー。絶対気が合うと思ったんだ。ヘイリーは、好き嫌いがはっきりしていて正直だよ。ちょっといつかちゃんに似てる」

礼那がうれしそうに言い、逸佳は気が咎めた。礼那に、まだ話していないことがあるのだ。

ヘイリーは、確かに正直というか率直な物言いをするひとで、アメリカの大学の「げげげだった」ことについて具体的に話してくれたし（高校と大学という違いはあるが、逸佳とヘイリーはどちらも学校をドロップアウトしており、そこは礼那の言うとおり「似て」いるかもしれない）、自分の家族——ということはつまり、ミセスパターソンの家族だ——をめぐる、テレビドラマじみて強烈な話（遺産とか確執とか、「アルコール中毒は克服できたのに、〝結婚中毒〟は克服できない」母親とか、〝被害妄想〟の伯父とか、〝猟銃自殺〟したもう一人の伯父とか）も、他人事みたいにあっさり口にした。深刻そうにでは全然なく、むしろ冗談みたいに。

普段の逸佳なら、そういう話は〝ノー〟に分類して退けたかもしれない。そういう、よその家族のどろどろした話は。でも今朝は気分がよかったので、興味深く聞けた。この世界に存在しているたくさんの物事の一つとして。

世界――。いま乗っているバスも、隣にいる礼那も、窓の外の道も街路樹も店々も人々もその一部だ。ミセスパターソンもヘイリーもその一部で、つまり逸佳はいま、世界に対して寛大な気分になっているのだった。理由はゆうべクリスと話せたからで、夕食のあと、バスタブにお湯をためているあいだに、逸佳の方から電話をかけた。どうしても声が聞きたくなったからだ。こんなことならもっと早く電話をすればよかったと思う。電話一本で、こんなに活力が湧くのであれば。

クリスと話したことを、礼那には言いそびれてしまった。礼那はすぐ〝恋とか〟と結びつけるからで、逸佳としては、自分の感情をそれと結びつけられることは、断固〝ノー〟なのだった。

デア印のクラッカーには四種類あり、それは茶色い箱のと赤い箱のと青い箱のと緑の箱ので、ミセスパターソンのお気に入りは青い箱のだ。商品名はCabaretで、名前の下に、Crisp & Butteryと印刷されている。礼那はそれを二箱、お別れの贈り物としてミセスパターソンに渡した。

「でも、病院のごはんもたべた方がいいですよ」

礼那が言うと、ミセスパターソンは顔をしかめ（すぼめた口のまわりの皮膚に、そうするとたくさんしわが寄る）、自分の前の空気を手で払うような仕種をした。裏庭の、枯れた芝生にも石膏像にも冬の日があたっていて、雀がたくさん、とまったり飛びあがったりしている。

車椅子に坐ったミセスパターソンは「依然としてめまいには悩まされているけれど、もう吐き気はしない」そうで、いまの課題は「歩く訓練」なのだと言った。「すごくイヤなの」と。

「でも、やらなきゃ」

車椅子を押しながら、ヘイリーが言う。

「それから介護士を端から追い返すのもやめなきゃ」

マリアの話では、派遣の介護士さんを受け容れさえすれば、自宅療養も可能らしい。

「それからこの子たちにお礼を言わなきゃ」

ヘイリーが続けると、

「それはもう言いましたよ」

と、打てば響く早さでミセスパターソンは言った。ヘイリーは苦笑する。

「それでももう一度言うべきでしょう？　お別れなんだから。この子たち、今夜シカゴに行くのよ」

「シカゴですって？」

ミセスパターソンは大袈裟に目をまるくして、呆れ声をだした。

「なんだってそんなところに行きたがるんだかわからないわ」

それでも最後にはいつかちゃんと礼那を順番に抱擁し、旅の無事を祈ってくれた。

「お元気で」

礼那は言い、

「お会いできてよかったです」

と、いつかちゃんが言った。

午前中に、いつかちゃんはシーツもタオルも洗濯し終えていた。植物の水やりもすませ、二人とも、荷造りもしてきた。だからあとはその荷物を取りに戻り、グルマンに挨拶をして（たぶん最後の散歩もして）、一週間前にそうするはずだったように、深夜バスに乗ればよかった。そうするつもりだったのだ。礼那もいつかちゃんも、このときにはまだ。

名残り惜しいというのではなかった。そんなのでは全然ない。ミセスパターソンは強引で高飛車だし、自分にも礼那にも何の関係もない人で、逸佳はもう何日も、早く解放されたいと願っていた。ただ、実際に病院をあとにすると、ミセスパターソンを見捨てたみたいな気持ちがした。そんなふうに思うのは変だとわかっていても。

「たぶん、あの人がすごく年を取ってるからだね」

車寄せに停まっている救急車を、見るともなく見ながら逸佳は言った。

「もう会わないっていうことと、もう会えないっていうことの、区別がうまくつかなくなる」

「なにそれ。どういう意味？」

礼那は不思議そうな顔をする。

「ちょっと待って。リップクリームを塗るから」

そう続け、立ちどまった。十一月の空は青く高く、確かに空気が乾燥していた。

「いい。なんでもない」

逸佳は自分の言葉をひっこめる。いま自分が先取りしてしまったかなしみについて、説明することはできそうもなかった。それで、

「ひとり暮しの老人が事故に遭うのって、いろいろ大変だね」

と、言いたかったこととは微妙に違うことを言った。

「んー。そうだけど」

ぱちっと音を立てて、礼那はリップクリームに蓋をかぶせる。

「そうだけど、ミセスパターソンにはヘイリーがいるし、れーなたちもいたからよかったよね。あと、グルマンもいるし」

そうだけど、と、今度は逸佳が思った。

「あー、グルマンとお別れするのいやだなあ」

再び歩きだし、礼那は言った。

アパートに戻ると、そのグルマンは盛大にしっぽをふって出迎えてくれた。興奮して息があがり、ひらきっぱなしになった口からピンク色の舌が見える。

「ただいま、グルマン。いい子にしてた？」

礼那が英語で話しかけながら抱きあげる。逸佳には、部屋のなかが今朝までとは違うふうに見えた。すこしのあいだだが自分たちの家みたいだった場所が、早くもよそよしさを取り戻しているように――。

「ねえ、今夜、やっぱりヘイリーも誘おうよ」

バスルームで手を洗い、うがいをしていると、犬を抱いたままの礼那がやってきて言った。

「誘ったじゃん、もう」

そして断られた。

「そうだけど、もう一度」

上目遣いに逸佳を見て、提案というより懇願の口調で礼那は言う。

「ヘイリーが遠慮するって言ったのはね、きっとお金がないからだと思うんだよね。でもお店を教えてくれたし、どっちみち鍵を渡さなきゃいけないいんだし、ヘイリーだって夜ごはんはたべるんだし」

と言葉を重ねる。

「だからね、泊めてもらったお礼にごちそうするって言えば、きっと来てくれると思うの。肉が好物だって言ってたし」

タオルはすべて洗ってしまったので、逸佳は自分のハンカチで手と口を拭った。

「いいよ、わかった」

今朝、この街での最後の夜だから、ひさしぶりに外食をしようと言ったのは礼那で、このところ給仕役ばかりしていた逸佳としても、異存はなかった。それならおいしい店がある、と言ってヘイリーがステーキハウスの名前を教えてくれて、でも、一緒にと誘うと、にべもなく断られたのだった。

「よかったー」

嬉しそうに礼那は言った。

「そこ、テラス席なら犬を連れて行ってもオッケイなんだって」

と。逸佳は苦笑する。ヘイリーとというより、グルマンといられる時間の問題なのだ。

「その前に、先にバスの切符を買ってくる」

逸佳は言った。そんなに混んでいるはずはないから、夕食のあとで買えば十分まにあうとヘイリーは言っていたが、先に買っておかないと心配だった。こういうところが小心者なのだと、自分のことを、また思う。

「れーなはここで、グルマンと待ってて」

はーい、といういい返事を礼那はした。医師との面談があって病院に残ったヘイリーも、じきに帰ってくるはずだ。

おもてはまだあかるいが、さっきよりも風がつめたくなっていた。午後四時。イヤフォンを耳にさし込んで、逸佳は歩いた。クリスのことを考える。いきなり電話をかけたのに、クリスはちっとも驚かなかった。とても静かな声音で電話にでたクリスは、逸佳が名乗ると、ハイ、イツカ、と、静かな声音のまま言った。元気かとも礼那はどうしているとも訊かず、黙って逸佳が喋るのを待っていたのがいかにもクリスらしかった、と、いま逸佳は思うのだが、実際の電話口では、その沈黙に緊張した。すぐそばで、ミセスパターソンのバスタブにお湯が落ちる音がしていた。湯気の匂いも――。逸佳は、自分たちがこの街にとどまっている理由を話した。事故を目撃したことや、礼那が犬を追って行ったこと、ミセスパターソンの乗った救急車に、逸佳も押し込まれてしまったことなんかを。クリスは「ワオ」とか「オーマイゴッド」とかをはさみながら最後まで話を聞くと、きみたち二人を誇りに思うよと言った。I'm proud of you both と。それから、山に雪が降ったことを教えてくれた。毎年のことなのに、それでも初雪が降ると興奮してしまうのだそうだ（「小さな少年みたいに」とクリスは言った）。きみたちにも見せたかったと言い、スキーはするのかと訊いた（逸佳は「すこし」とこたえた。父親がアウトドア好きなので、子供のころ、毎冬、山に連れて行かれていたのだ）。

たぶん、全部で五分くらいしか話していなかっただろう。元気でと互いに言い合って電話を切ったのだが、切る前にクリスは、電話をもらえて嬉しかったよと言った。定型文だとわかっていたが、それでもその言葉は逸佳を安堵させた。電話をもらえて嬉しかったよ――。

バスターミナルは、前回と全くおなじ様子で閑散としていた。ならんでいる金属製の椅子（野球帽をかぶったおじさんが一人、坐って新聞を読んでいる）、時刻表が何冊も置かれているカウンターとチケットブース、のみものの自動販売機、前回、礼那が家にかけるのに使った公衆電話。まるで、この一週間がなかったみたいだと逸佳は思う。いまここにいる人たちは、ミセスパターソンのことも、事故のことも知らないのだ。

「シカゴまで、今夜の、一時十五分発の切符を、二枚」

一週間前とおなじ言葉を逸佳は言い、アクリルガラスの仕切りごしに、クレジットカードをすべらせた。窓口の、太った男性は無言でそれを受け取り、かちゃかちゃとキーボードをたたく。机の上に、たべかけのグラノラバーが置いてあるのが見えて、夕食まで待てなかったのだろうと逸佳は思い、なんとなく微笑ましくなった。世界、と思う。このひともまた、世界の一部なのだ。

「……ノー」

男性が言う。

「ノー？」

意味がわからずくり返すと、

「これは機能しない。他のカードは？」

と訊かれた。

「機能しない？」

どういうことかわからなかった。

「そんなはずないわ。機能するはずです。もう一回やってみて」

逸佳が言うと、男性はもう一度カードを機械に通してくれたが（そして、その結果は逸佳には見えなかったが）、首をふった。

「ノー」

「ノー？」

返されたカードを受け取って、逸佳は茫然と立ちつくす。一体どういうことだろう。

「えーっ」

礼那はつい大きな声をだした。

「動かないで」

ヘイリーが言う。礼那に「ちょびっと」マスカラを塗ってくれているのだ。

「様子を見に来たって言ったのは、じゃあミセスパターソンの様子じゃなくて、れーなたちの様子だったの?」

濡れたブラシが触れると、まつ毛のつけ根がくすぐったい。

「最初はね」

ヘイリーはこたえた。

「でもそう言ったのは、私じゃなくてうちの母親だから」

「ひどーい」

礼那は言ったが、頭部を動かさないようにしているために、声が自然と小さくなった。

「ごめん」

ヘイリーは、すごく申し訳なさそうに謝る。カナダから電話をかけてきたお母さんが、

「あなたのおばあちゃんが家に日本人の子供を入れてるらしいから、様子を見てきて」

と言ったことについて。

「いいけど」

ヘイリーが悪いわけではないと思ったので礼那は言い、マスカラのブラシよりもっと小さいまつ毛用の櫛（くし）が、目の前に迫ってくることにじっと耐えた。

さっき、病院から戻ってきたヘイリーに、どうしてそんなに目のまわりを黒くしてるの？　と礼那は尋ねたのだった。きれいな顔なのにもったいないと思ったからだ。ヘイリーはすこし考えて、これが私だから、とこたえた。こうありたい自分っていうかね、と。礼那が納得できずにいると、やってみればわかるよと言われた（ホラー顔にはなりたくなかったので、礼那は尻込みしたのだが、ヘイリーは笑って、「ちょびっと」にしておくから大丈夫だと請け合った。「ちょびっと」でも、「自分が変るのがわかる」らしい）。

「はい、完成」

ヘイリーが言い、礼那はバスルームに駆け込んで鏡を見た。目元が強調され、ぱっちりと大きくは見えたけれど、それ以外に何かが変った気は全然しなかった。人間というより人形みたいな顔だと思った。あるいは、お化粧をした子供みたいな顔だ。

「どう？」

様子を見に来たヘイリーが尋ねる。

「自分が、ちょっとだけ強くなった気がしない？」

「……しない」

礼那が正直にこたえると、ヘイリーは首を傾げた。

「マスカラだけで、アイラインを引かなかったからかなあ」

礼那そのものではなく、鏡に映った方の礼那をじっと見る。そして、ふいに肩をすくめ、

「それか、あなたはもともと強いのかも」

と言った。


結局、シカゴ行きの切符は買わなかった。銀行のＡＴＭに行って、学費および生活費として両親が振込んでくれている口座の残高を調べたところ、二千四百三十四ドルしかなかったからだ。それだけあれば、帰りの旅費を差し引いても、もちろんシカゴには行かれる。でも都会の物価は高いだろうし、ホテル代や食事代ですぐになくなってしまうだろうから、旅はそこで終りだ。とても西部にはたどりつけない。クリスのいるニューハンプシャーに戻るなんて論外。できるだけお金を使わず、一日でもながく旅を続けるためには計画を変えなくてはならない。バスではなくヒッチハイクにするとか、都会ではなく田舎(いなか)に行くとか、ホテルではなく安いモーテルに泊るとか。

「それって絶対うちの両親のしわざだよ」

礼那はさっきから憤慨している。チェーンのハンバーガー店の照明は白々とあかるく――クレジットカードが使えなくなったいま、テラス席のあるステーキハウスは選択肢から抹消された――、ヘイリーにしてもらったという化粧のせいで、礼那の顔は滑稽に見えた。大昔のハリウッドの、子役スターのブロマイドみたいに。

「いつかちゃんのパパは、いつだってれーなたちの味方をしてくれたし、太っ腹だもん」

「いや、太っ腹かどうかの問題ではないと思うけどね」

逸佳は言い、お金という物理的かつ根本的な問題を前に、暗澹とした気持ちでため息をついた。

「ほら、女の子たち、暗い顔をしない」

池みたいにたっぷり絞りだしたケチャップを、ポテトですくいとりながらヘイリーが言う(ステーキハウスは謝絶したのに、ハンバーガー店には来たということは、やっぱり礼那の言うとおり、お金の問題だったのだろう)。

「私とおなじ状態になっただけじゃないの。くよくよすることないわ」

逸佳と礼那の日本語でのやりとりは理解できなかったはずだが、クレジットカードを止められてしまったことは話してあった。あらら、お気の毒に、とそのときアパートでヘイリーは言い、でも、旅がたちまち立ち行かなくなったことについては、なぜ、という顔をしていた。

「お金がないなら稼げばいいのよ。この国ではみんなそうするの」

ケチャップの池の横に、新たにマスタードの池を絞りだしながら言う。

「日本でだって、みんなそうしてるよ」

礼那が的外れな反論をした。もう氷だけになってしまったコーラの紙コップを揺すって、がさがさとガラガラのあいだみたいな音を立てる。

「じゃあ、ここでもそうすればいい」

「あのね、ヘイリー」

逸佳は口をはさんだ。

「外国人で未成年の私たちを、一体誰が雇ってくれると思う?」

ヘイリーは肩をすくめ、

「ここでは無理かもね」

と、あっさり言った。

「でも、ナッシュヴィルでなら仕事を紹介してあげられると思う。ちょうどこれから年末に向けて観光シーズンだから、どの店も繁忙期で、喉から手がでるくらい短期のバイトを欲しがってるし」

と。

「ナッシュヴィル!?　それってどこ?」

礼那が訊く。

「テネシー州。私が住んでいる街。いいところだよ」

ヘイリーはこたえ、ポテトをケチャップとマスタードの両方にひたした。

「高速道路で六時間か七時間だから、いまからヒッチハイクをすれば、朝までには着くよ」

それは完璧な打開策に思えた。テネシー州ならば、ミシシッピー川を越えるとアーカンソー州で、南経由で西部に近づくことになる。

「狭くてもよければ、私の部屋に泊ってくれてもいいし」

ヘイリーが言う。

「あの街に住めば、お金がないのなんてたいしたことじゃないって、きっとわかるよ」

と、なんでもないことのように。

マンハッタンでの接待を終え、タクシーに乗ると、潤は妻に電話をかけた。

「礼那から連絡あったか?」

尋ねたのは、すぐにも連絡があるはずだと思ったからだ。金の支給が止まった以上、子供は親に頼るしかないわけで、どこかまで迎えに来てほしいとか、帰りの旅費を工面してほしいとか、そんな電話がかかっているかもしれないと思った。

「ないわ」

　妻はこたえ、

「でも香澄さんからはあった」

　と言った。

「香澄さんから？　何だって？」

　尋ねると、まず沈黙が、次にため息が返る。

「新ちゃんにカードを止めさせたこと、どうして私に言ってくれなかったの？」

　一瞬思考が停止した。言っていなかっただろうか。深夜の車内は暖房がききすぎており、運転手のつけている、男性用のコロンがきつい。やはりウーバーで、知っている運転手を呼ぶべきだったと思った。

「実際に止めたって聞いたのは、きのうか、ついおとといだったから」

　潤は窓を細くあけた。セントラルパークは黒々とした森に見え、アップタウンの静かな夜気が流れ込んでくる。

「きのうか、おととい」

　くり返され、潤は苛立つ。そんなことが問題だろうか。

「私を飛ばして新ちゃんに直談判したのね」

妻はなお言いつのる。

「それをしたのはきのうかおとといではないでしょう？　話してくれる時間はいくらでもあったはずだわ」

カラン、と氷のまわる音がした。妻が寝酒にウイスキーを嗜むようになったのはアメリカに来てからで、それは教会通い同様、好ましからざる変化だった。

「香澄さん、驚いていたわ、私が何も知らされていなかったから。理生那ちゃんの意向でもあるとばかり思ってたって言ってた」

「違うのか？」

暑さと匂いに耐えかね、潤はネクタイを緩める。午後十一時。郊外にでると、窓の外はただの闇だ。

「礼那に帰ってきてほしくないのか？」

「もちろん帰ってきてほしいわ。でも――」

「じゃあ、きみの意向でもあるじゃないか」

潤はわずらわしくなる。なぜ妻と言い争わなければならないのかわからなかった。

「もっと早くこうすべきだったんだよ。そうすればいまごろ、もう二人とも家に帰っていた。まあ、逸佳がまたうちに下宿したかどうかはわからないけれども」

「どういう意味なの？」

「文字通りの意味だよ。あの子は十七歳だ。自分なりの考えだか何だかがあるのかもしれない。旅にでたのだって、僕らの家が気に入らなかったのかもしれない」

「あの子たちは二人ででて行くべきだったのだと潤は思う。礼那を巻き添えにしたりせずに。だったら一人ででて旅にでたのよ」

妻の声は聞こえたが、潤はふいに疲労を覚え、電話を切って、シートにもたれた。


薄い青と白とバラ色――。車のフロントガラスごしに、空はどんどん色を変えていく。夜のヒッチハイクはこわすぎたから、朝を待って出発したのだ。そのあいだにヘイリーから、ナッシュヴィルのことをいろいろ教わった。礼那は途中で（グルマンといっしょにリビングの床で）寝てしまったが、いつかちゃんは一晩じゅう起きていたらしい（そのせいで、いまは後部座席で眠っている）。

ひさしぶりのヒッチハイクは、なんと一台目で停まってもらえた。幸先（さいさき）がいい。運転しているのはシンシナティの空港に行くという男の人で、よく喋る。

「それで、ナッシュヴィルには何しに行くの？」

とか、

「僕は日本には行ったことがないけれど、これは日本製の車だよ」

とか。ラジオからはニュース――ときどき交通情報と天気予報――が流れていて、車内は気持ちよく暖かい。礼那はちょっとうとうとした。

「アイスホッケーは好き？」

そう訊かれたのは、ラジオからゆうべのスポーツの結果が流れたときで、うとうとしていた礼那は、

「いいえ、あんまり」

とつい正直にこたえたあとで、それだけでは悪い気がして、

「でも弟はチームに入っています」

とつけたした。

「きみは何かスポーツをしていないの？」

男の人は訊き、ルームミラーをちらりと見る。

「してません。学校では図書クラブだし」

「図書クラブか。ボーイフレンドはいるの？」

と、さらに質問を重ねる。

「いません」

こたえて、礼那は相手を改めて見た。そんなことを訊くなんて、へんな人かもしれないと思ったからだ。茶色い髪は短くて清潔そうだし、ごく普通のスーツ姿で、結婚指輪もしている。あやしそうには見えなかったが、

「なぜ？」

とさらに訊かれた。

「なぜってどういう意味ですか？」

訊き返すと、男の人はまたルームミラーに目をやって、

「きみはとてもかわいい。肌も髪もきれいだ。若い女の子たちのなかにはときどき不潔な子がいるし、太りすぎた子や、ひねくれた子や、大人に敬意を払わない子もいる」

と言った。

「でもきみは違う。僕にはすぐにわかったよ。きみは清潔で、素直で、かわいい」

と、小声で。返事をせずにいると男の人も黙ったので、礼那はほっとしてまたうとうとした。どのくらいそうしていただろう。ふと目をあけると、車は待避車線に停まっていた。


「いつかちゃん」

礼那の声がして、逸佳は目をさました。車のなかは暖かく、いつのまにか眠ってしまっていたらしい。

「いつかちゃん」

もう一度逸佳の名を呼んだその声には、緊迫感があった。

「何？　どうした？」

逸佳は身をのりだす。ラジオからはトーク番組が流れていて、フロントガラスごしの日ざしはまぶしく、車は停まっていた。

「何？　なんで停まってるの？」

「降りよう」

礼那が言う。

「このひとへんだから、降りよう」

反射的にそちらを見ると、男の人――三十代後半か、四十歳くらいだろうか。いかにもアッパーミドルクラスの、典型的なビジネスマンに見える――は両手を小さくあげてみせ、

「僕は彼女に何もしていないよ」

と言った。さらに、

「僕はきみに指一本触れていないよね」

と、礼那に直接声をかける。礼那は返事をしなかった。全身をこわばらせ、ただ前を向いて坐っている。

「私たち、ここで降ります」

逸佳はともかくそう言った。ドアをあけようとしたがロックされていたので、

「ロック、解除してください」

とも。

「ちょっと待って。その前に確認させてほしい」

男の人は上体をひねり、逸佳をまっすぐに見て言った。

「この車に乗ってくれと、僕が頼んだわけじゃない。きみたちが勝手に乗り込んできたんだ。それで、シンシナティまで乗せてあげようと言っているのに、ここで降りると決めたのもきみたちだ。そうだね？」

逸佳がそうだと認めると、すぐにロックのはずれる音がした。

「それならいい。さっさとどこにでも行ってくれ」

男の人がそう言ったときには、礼那はもう車を降りていた。

顔にあたる風がつめたい。高速道路は道幅が広く、フェンスが高いので景色は見えなかったが、そのぶん、空が思いきり見える。抜けるように青い冬の空だ。

「で、何があったの？」

「ありえない」

礼那は呟く。

「でも、びっくりしたー」

とも呟き、信じられないよ、とんでもないやつ、と、逸佳の質問は無視して続けざま

に言う。それからいきなり、

「シェイム・オン・ユー！」

と英語で大きな声をだし、道の先、車が走り去った方に向って、ナイフで鉛筆を削るみたいに、指で指を削る仕種をした。逸佳はあっけにとられる。

「ちょっと、れーな、大丈夫？」

心配になって、そう声をかけると、礼那はふり向き、

「あのひと、ずぼんのチャックをあけて、中身をだしてたんだよ」

と言った。

「眠くなって、すこし寝ちゃって、でもなんとなくへんな感じがして目をあけたら、車が動いてなくて、隣を見たら――」

言葉を切り、「Yuck（オエッ）」とまた英語で言って顔をしかめる。礼那は、男が「れーなを見ながらそれをしていたんだと思う」と言った。「目が合うと、あいつ、にやっと笑ったんだよ」とも。

逸佳は憤死しそうになる。

「なんですぐそのとき私を起こさなかったの？」

後部座席で寝てしまったことを、心底後悔しながら言うと、

「ごめん」

と、謝る必要などないのに礼那は謝った。

「あんまりびっくりして、声がでなかった」

と言う。

「それに、こわかったし」

と、小さな声で。逸佳はあの男を追いかけてつかまえ、車からひきずりだして殴ったり蹴ったりしたいと思った。あるいは――こちらの方がよりいいが――、車ごとスクラップの機械で潰してしまいたいと思った。

結局、礼那は男がそれを自分でさすっているあいだ、ただじっと坐って待っていたのだと言った。他にどうしていいかわからなかったから――。

「だってね、ほんとうにものすごく不気味だったんだよ。とても人間の身体の一部だとは思えないよ、へんな色で、まっすぐ天井を向いてるの。手や顔の肌は白いのに、それは全然違っていて――」

それ以上説明を聞くことに耐えられず、

「とにかく」

と言って逸佳は遮った。風が強く、礼那の長い髪は顔の前にばさばさとなびいている。おなじ風が、逸佳の耳元でぼうぼうと鳴る。

「とにかく、れーなはこれから助手席禁止」

従妹をそんな目に遭わせてしまった自分が不甲斐なかった。

「それから、あんたは私と違って平凡な顔に生れついてないんだから、知らない人にはもっと無愛想にしなさい」

マイケル手製のサインボードを足元に置いた荷物のなかから拾いあげ、掲げながら言うと、

「なにそれ。あいつがヘンタイだったのはれーなのせいじゃないよ」

と、礼那は言った。

「それに、いつかちゃんの顔は全然平凡なんかじゃないよ。いつかちゃんの顔は……、なんていうか、すごく……、すごく個性的だよ」

とも。

十数台目に停まってくれた車には老夫婦が乗っていたので、逸佳も礼那も後部座席に坐った。老夫婦の名前はイーニッドとジョンで、どちらも恰幅(かっぷく)がよく、どちらも白髪のショートヘアで、似たような銀縁眼鏡をかけていた。運転しているのは奥さんの方で、二人が乗り込むとすぐに夫のジョンが、

「彼女はグッドドライバーだから心配ないよ」

と言った。それは運転の技術とかキャリアとかの話だとわかってはいたが、逸佳には、違う意味ですばらしく安全なドライバーに見えた。〝ヘンタイ〟には見えないという理

由だけで。

　車のなかにはファストフードの匂いが立ちこめていて、後部座席にその袋や包み紙がまるめて放りだされていたが、それすらも彼らが普通の人たちだというしるしのようで、好ましく思えた。しかもこれからルイヴィルまで行くのだという。

「感謝祭は、毎年息子のところで過すの」

　イーニッドが言い、

「クリスマスは娘のところだけどね」

　とジョンがつけ足す。

「だから、冬の我々はトラベラーなんだよ、きみたちとおなじで」

「あの子たち、私たちの滞在日数を競ってるの。『ママ、お兄ちゃんのところに一週間もいたのなら、うちには二週間いてもらわなきゃ』『ママ、冗談だろう、もう帰るなんて。マーサのところにはどのくらい行くつもりなの？』」

　老夫婦は芝居っけたっぷりに、家族の会話を再現してみせる。

「息子はプロゴルファーなんだよ」

　とか、

「娘には四人子供がいて、いちばん下はまだ三歳なの」

　とか、かわるがわる喋り続け、iPadにたっぷり収めた写真を見せてくれたりもしたので、パーキングエリアでのトイレ休憩をはさんで三時間のドライブをするあいだに、逸佳も礼那もイーニッドとジョンの家族について、すっかりくわしくなってしまった。

ルイヴィルに着き、次の車が拾いやすいように、高速道路の出口よりかなり手前で車を降りたとき、逸佳が考えていたのは自分の家族のことだった。父親と母親、岡山の祖父母、それに東京にいた母方の祖父母のこと。東京にいた祖父母はどちらももうお墓に入ってしまっているが、生きていたころは、初孫の逸佳をかわいがってくれた。遊びに行くと、逸佳専用の子供椅子や食器、絵本や玩具やパジャマやタオルがいつも用意されていた。

家族の話ばかり聞いたので、礼那もニューヨークの両親や弟を思いだしただろうと逸佳は想像したのだが、イーニッドとジョンの車に手をふって見送りながら、

「いい人たちだったね」

と言った礼那は、

「でも、ミセスパターソンを思いだしちゃったよ」

と続けた。

「おなじ老人でも、随分境遇が違うよね」

そう言って、斜めがけにした袋からとりだした、ペットボトルの水をのむ。太陽は真上で、白っぽく寒々しく輝いている。早朝にクリーヴランドを発ったのに、すでに正午

をすぎていた。

「あと何時間くらいかな」

礼那に訊かれ、逸佳は道路に立ったまま地図をひろげる。依然として風が強く、地図は暴れた。

「もう三分の二くらい来てるから、どうだろう、あと二、三時間じゃない？」

ナッシュヴィルに着いたら、ともかく〝ハーミテイジ・カフェ〟という店を目指すことになっている。ヘイリーによると、そこは彼女にとって「我家より我家」な場所で、「居心地のよさは世界一」らしい。「地元の人なら誰でも知っている古い店」だし、「ハーミテイジ通りとミドルトン通りの角にあるから、絶対に見逃しっこない」と説明された。経営者のピートという人に、電話をしておくとも言っていた。「ピートはぶっちゃけ、まじ最高なの」とも。

地図をたたみ、逸佳はまたボードを手にとった。

「ルイヴィルはケンタッキー州だよ」

礼那に言い、道路と車とフェンスと空しか見えない周囲を見まわす。たとえかわりばえのしない景色だとしても、知らない場所であることに変りはない。通過するだけの州のことも、逸佳は身体に刻みたかった。自分たちが、確かにいまここにいるという、その実感のようなものを。

「フライドチキンの匂い、しないね」

礼那が言った。

「ケンタッキーって、サンダースおじさんの州でしょう？」

と、真面目な顔つきで。


次の車はエリザベスタウンまでしか行かなかったが、乗せてくれたのはいいひとだった。オハイオ大学の男子学生で、エリザベスタウンの実家に帰るところなのだと言った。エアコンの強さはこれでいいかとか、音楽のヴォリウムは大きすぎないかとか、いろいろ親切に訊いてくれたのに（いつかちゃんは、エアコンはそのままでいいけれど、音楽は大きすぎるとこたえた）、礼那は後部座席で、つい、このひとの身体にもああいうものがあるのだと思ってしまった。たぶん、あんなにへんな色ではないだろうけれど。ほんとうに気持ちの悪いことだったのだ、今朝のあれは。思いだしたくないのに思いだしてしまい、礼那は顔をしかめる。自分の両目に石鹼をつけて洗いたいと思った。しみない石鹼がもしあるなら。

エリザベスタウンからナッシュヴィルまでは、いかにもリンダという名前な感じの女性（実際の名前はジャニーン）が乗せてくれて、車内は化粧品くさかったけれど、このひとも親切だった。四台の車に乗り、一人以外みんな親切だったのだから、運がよかった、と、礼那は思うことにする。ともかく目的地に無事着いたのだ！　到着はいつもうれしい。

リンダ（ジャニーン）は、ナッシュヴィルの空港に礼那たちを降ろしてくれた。空港なら、その先の交通機関が充実しているからで、小さい街だから、ダウンタウンまでバスでもすぐだと教えてくれた。

「サンキューソーマッチ」

お礼を言い、握手をする。リンダ（ジャニーン）の手は骨ばっていて、乾いていて温かかった。

「風があるからかな。南部なのに寒いね」

車が行ってしまうと、いつかちゃんが言った。

「とりあえず建物のなかに入って、ルートを考えよう」

まわりには、タクシーやバスがたくさん見えた。がらがらとスーツケースをひきずって歩く旅行者の姿も。それはどこの空港でもおなじ光景のはずなのに、礼那はとても遠い場所に来たと思った。ニューハンプシャーよりクリーヴランドより遠い場所に。

「銀色、白、緑、赤」

きょう乗り継いだ車の色を、小声で歌みたいに口ずさみながら、礼那はいつかちゃんのうしろを歩く。

「銀色、白、緑、赤。銀色、白、緑、赤」

建物のなかに入って調べたところ、ダウンタウンまでのシャトルバスは、一人片道十四ドルだった。


熱くて香りのいいコーヒーと、端が焦げて縁飾り状になった完璧な目玉焼き、波打った形でカリカリに形状記憶しているベーコンとトースト。逸佳はほとんど物も言わずにたべた。移動の緊張で自覚していなかったが、最大級に空腹だった。早朝にグレープフルーツをたべたきり、何も口にしていなかった。

「ヘイリーの言ったとおり、いい店だね」

好物のパンケーキとさんざん迷い、結局フレンチトーストを注文した礼那が、唇をシロップで甘そうに光らせながら言う。フレンチトーストの横にもベーコン（と、焼いたトマト）が添えられている。午後三時だが、ここは〝一日じゅう朝食の提供あり〟の店なのだ。ピンク色のカラーペンで、窓ガラスに直接そう書いてあった。

ハーミテイジ・カフェは、街の中心部から離れた場所にあり、他に何もない殺風景な道に、ぽつんと（でも看板やら貼り紙やらで、よく見ればけっこう賑々しく）建っていた。車庫みたいにそっけない直方体の、いかにも昔のアメリカのダイナーっぽい外観で、小さくて地味なのに、目立つのだった。通りの名前（ハーミテイジとミドルトンの角）

を知っていれば、という条件がつくが。

逸佳は、早くヘイリーのアパートに荷物を置いて、街を歩いてまわりたかった。地図によると、すぐそばが川のはずだ。でもヘイリーのボーイフレンドが迎えにきてくれるまで、ここで待たなくてはならない。そのボーイフレンドには、店主のピートがさっき電話をかけて、逸佳と礼那の到着を知らせてくれた。ヘイリーの言う、ぶっちゃけ、まじ最高、なピートは、痩せて小柄な、初老の男性だった。逸佳と礼那が店に入ると、にこりともせずに手のひらを見せ、ちょっと待て、の合図をした。ウェイトレスは「ハイ」と挨拶してくれたのに、ピートはそれもなしでしばらく手元の作業を続け、ようやくカウンターの外側にでてくると、やはりにこりともせず、でも、「イツカとレイナだね？」と、二人の名前を諳じていて、「ヘイリーが電話をくれたよ。私はピートだ。ナッシュヴィルにようこそ」と言って席に案内してくれた。

「カエルくん、遅いね」

逸佳が言うと、礼那は笑ってノートから顔をあげ（フレンチトーストをたべ終えた礼那は、また日記をつけているのだ）、

「やめてよ、いつかちゃん。これから来るひとがもしほんとにカエル顔だったら、笑いをがまんできなくなっちゃう」

と言って、持っていたペンを鼻の下にはさんだ。そうすると自然に唇がとがって、ひ

ょっとこ顔になる。

「ほんとの名前、なんだっけ」

チャド、とこたえたとき、ドアがあいて本人が近づいてきた。


譲が風邪をひいたので病院に連れて行ったのだが、その二時間足らずの外出のあいだにも、逸佳と礼那が帰っているかもしれないと理生那は思った。あくまでも可能性としてそう思ったつもりだったが、いつのまにか可能性は予感のふりをし始め、譲を助手席に乗せ、処方薬の入ったバッグを膝に置いて自宅の車寄せに車を停めたときには、娘たちのいる家のなかの様子がありありと頭に浮かんでいた。

潤と譲と自分の三人だけの家には存在も発生もしない、礼那だけの持つエネルギーがあるのだ。ドアをあければ、すぐにそれとわかるはずだ。実際に姿を見る前に。

「あとでスープを持って行ってあげるから」

ドアをあけ、二時間前とまったくおなじ気配のなかに足を踏み入れると、理生那は息子に言った。

「すぐにベッドに入るのよ。きょうはゲームをしちゃだめですからね」

〝予感〟は、まるで最初からなかったかのように消えていて、理生那はむしろ安堵する。期待をし続けるには、自分は弱すぎるのかもしれないと思った。あるいは強すぎるのだろうか、娘の不在を受け容れてしまうほどに？

「でも、ミックと対戦する約束をしてるから、それだけはやってもいいでしょ」

熱のせいで腫れぼったい顔をした譲が言う。

「対戦？」

「そう。それに、ゲームは毎日ちゃんとやり続けないと、キャラが弱まっちゃうんだ」

理生那は笑ってしまう。

「弱まってるのはあなたでしょ」

肩を抱き寄せると、そのままもたれてきたので、一緒に階段をあがる。

散らかり放題の息子の部屋にも一緒に入り、着替えを手伝おうとすると、自分でできると言われた。

「それは、そうね」

理生那は認め、部屋をでようとした。

「ママ」

呼びとめられ、ふり向くと譲は、

「でも、もし手伝いたいんなら、手伝ってくれてもいいよ」

と、言った。

「ハイ」

走ってきたみたいに息をはずませ（自転車をとばしてきたのだということが、数分後に判明する）、チャドはにっこり笑った。ロシアの兵隊みたいな服、というのが、礼那の最初に思ったことだ。衿にフェイクファーのついた、モスグリーンのコート。ナイロン製の小さな鞄は、斜めがけというより背中に貼りついているように見える。

「ハイ」

礼那といつかちゃんもおなじ言葉を返した。

「行こうか」

促され、席を立つ。木枯しを顔で受けとめてきたせいで、チャドは頬と耳を赤くしていた。背が高く、顔が小さく、目と目が離れている。癖の強い赤毛をきっちりひっつめて、うしろで縛っている。カエル顔というより宇宙人顔だと礼那は思う。宇宙人を見たことはないけれども。

「あなたもミュージシャンなんでしょ。キーボードを弾くってヘイリーが言ってた」

いつかちゃんがお会計をするのを待つあいだ、店の前に立って礼那は言った。

「ヘイリーが戻ってくるまでは休業？」

「まさか」

チャドは笑った。

「そんなことしてたら、たちまち仕事にあぶれちゃうよ。競争が厳しいからね。べつなベースを助人(すけっと)に呼んだり、逆に僕が助人としてべつなバンドに参加したりして、毎日ちゃんと活動してるよ」

「どんな曲を演奏するの？」

「何でも演(や)るよ。でも、おもにカントリーかな。リクエスト次第なんだ。客商売だからね」

ヘイリーのアパートまでの道を、チャドは自転車を押しながら歩いた。ミセスパターソンの容態を尋ね、向うでのヘイリーの様子も尋ねたが、礼那たち二人のことは何も尋ねなかった。年齢も、姉妹かどうかも、どうしてヘイリーのアパートに泊ることになったのかも、そもそも、なぜ学校にも行かずに旅をしているのかも。ヘイリーからすでに聞いているからにしても、まるで礼那たち二人がここにいることがあたりまえというか、自然なことみたいな彼の対応のしかたが、礼那にはうれしかった。

「いつかちゃん、見て！　川！」

道の先にいきなり出現した水——風があるので、水面が細かく小波立ち、その波の一つ一つが夕方の日ざしを反射している——を指さして叫ぶと、注意深く地図をひろげたまま歩いていたいつかちゃんは、

「カンバーランド川」

と教えてくれた。

ヘイリーのアパートは川ぞいにあった。ピートのいるカフェから、歩いて十分もかからない場所だ。煤けてほとんど黒に見えるレンガ造りの、いかにも古そうな建物で、共同玄関にはオートロックも普通の鍵もついていない。

「すごく暗いね」

礼那が言うと、声が反響した。

「ランドリーは地下。洗濯機と乾燥機がそれぞれ三台ずつあるから、たいてい一台はあいてるはずなんだけど、洗濯物を入れっぱなしにしてる奴がいるって、ヘイリーはよく文句を言ってる」

チャドが説明してくれる。

「ゴミ置き場は裏。分別のことで住民がときどきもめてるらしいから、気をつけた方がいい。ゴミ置き場の鍵は僕は持ってないけど、ヘイリーから受け取ってるんだよね？」

受け取っているといつかちゃんがこたえ、共同玄関に鍵がないのに、ゴミ置き場には鍵があることに礼那は驚く。

階段は玄関ホールよりさらに暗い。小さな窓があることはあるのだが、光はほとんど入らず、位置が高すぎて外も見えなかった。

「管理人のミスターコヴィックはいい人だよ。僕がときどき泊るのは黙認してくれている。だけど誰かを住まわせるのは基本的に規則違反だから――」

「もし誰かに訊かれたら、遊びに来ている親戚ってこたえること」

あとをひきとって言った。ヘイリーから、そう言われていた。

ヘイリーの部屋は、三階のいちばん手前、３Ｅだった。合鍵でドアをあけると、チャドは鍵をいつかちゃんに手渡して、

「じゃあ、あした、夕方五時ごろ迎えに来るよ」

と言った。

「あした？　何のために？」

いつかちゃんがびっくりした顔で尋ね、チャドもびっくりした顔になる。

「何のためにって、仕事だよ。すぐにでも仕事が必要だって、ヘイリーから聞いたけど」

いつかちゃんの顔は、びっくりを通り越してほとんど無表情になる。

「あした？　何の？　どんな？」

「〝サード・フィドル〟、ブロードウェイにたくさんあるライヴハウスの一つだよ」

チャドは言った。

「僕の携帯の番号はヘイリーから聞いてるよね？」

聞いている、と礼那がこたえると、チャドはうなずき、帰って行った。

ライヴハウス、あした――。逸佳は胸の内でくり返した。もちろん、働いて資金を増やすためにこの街にきたのだ。でも、あした？　そんなにすぐ？

「ひえー」

先に部屋に入った礼那がへんな声をだす。

室内は薄暗く、空気が澱んでいた。おそろしく散らかっている。というか、リビングはカオスだった。真赤な唇形のビニール製ソファ、ピザの空き箱がのったままのコーヒーテーブル、あちこちに服、紙束、空き缶や空き壜。壁際に高く積み上げられた雑誌やCD。

「なんで、何もかも床の上？」

礼那が呟く。実際まったくそのとおりで、なかからタオルのはみだしたスポーツバッグも、一見してDMばかりだとわかる郵便物も、クッションもピエロの人形も、ヘアドライヤーや固定電話やCDプレイヤーも、ボールペンやレポート用紙や灰皿も、なぜそこにあるのかわからないが、プラスティックのフォークがたくさん入った袋も、本物の（と思(おぼ)しき）ラグビーボールも、季節はずれのビーチサンダルも、アーモンドの入った小袋も、デジタルカメラも額装された映画のポスターも床に直接置かれ、幾つもあるリモコンや、ハサミやマニキュアの小壜が、その隙間に転がっている。

「たのむよ、ヘイリー」

逸佳もつい声にだした。落ちているものを踏まないように注意して歩き、まず窓をあける（カーテンは、黒地に白の水玉模様）。

寝室は多少ましだった。ベッドは整えられていないし、ひきだしもあけっぱなしだったが（大急ぎで荷造りをするヘイリーの姿が目に浮かんだ）、壁に立てかけられた鏡のまわりにブーツがたくさんならんでいるのを除けば、床に物は落ちていない。ベッドの横に、首飾りだけをじゃらじゃらとたくさんつけたトルソーが一つ置かれていた。

台所は比較的片づいていたが、調理台の上に、たべ終えたバナナの皮が一本分と、たべかけのバナナ半分が、底にコーヒーの残ったマグカップと一緒に放置されていた。

「ミセスパターソンはきれい好きなのに、ヘイリーはそうじゃないんだね」

礼那が言う。

「ヘイリー、〝狭い〟とは言ってたけど、〝散らかってる〟とは言ってなかったのにね」

と、可笑しそうに。

まず、掃除、と逸佳は決める。暗くなる前に街を見たいと思っていたが、それはあしたに延期だ。ヘイリーに電話をかけると留守番電話につながったので、ナッシュヴィルについたこと、チャドと会ってアパートに入れてもらえたことを手短かに報告した。

「いつかちゃん！」

寝室から礼那が呼ぶ。

「ねえ、ちょっと来て。これ見て」

行ってみると、クローゼット――造りつけのものではなく、クラシックな木製の――が両扉ともあけられていて、ヘイリーの衣類を抱えた礼那がその前に立っていた。

「服、ハンガーにかけてあげようと思ったんだけど」

ヘイリーのクローゼットに、衣類は一枚もなかった。かわりに、ギターが八本ならんでいた。

その夜は、ヘイリーのベッドを借りて眠った（シーツ類を洗濯したので、地下のランドリールーム――がらんとしていてもの淋しい。高い位置にある窓から、通る人の足だけが見える――の様子もわかった）。寝室の窓をすこしあけておいたのは暑かったからで、このアパートの暖房は旧式のセントラルヒーティングで、ヘイリーから聞いていたとおり、管理人に頼まない限り温度調節ができないのだった。ながい一日だったのに、逸佳はなかなか寝つけなかった。自分がいまここにいることも、あしたには仕事の面接を受けようとしていることも、現実とは思えなかった。未成年で外国人で就労資格がないだけじゃなく、英語にも自信のない逸佳としては、ほんとうに仕事がもらえるのかどうかももちろん不安だったが、それ以上に、もっと漠然とした大きな不安――自分たちの旅が軌道を外れてしまったような、自分が、何か取り返しのつかないことをしようとしているのかもしれないという不安——が渦巻き、胸がざわざわする。

「私とおなじ状態になっただけじゃないの。くよくよすることないわ」

ヘイリーの言葉を思いだしてみる。

「きみたち二人を誇りに思うよ」

という、クリスの言葉も。

水音は聞こえないが、窓の外を流れているカンバーランド川の気配に逸佳は耳を澄ます。水面は、夜気とおなじくらい黒々として見えるだろう。街灯の光が幾つも映り、おなじ場所に浮かんだまま、小さく揺れているはずだ。


翌朝、目をさました礼那は、そばに人が立っているのに気づいてぎょっとしたが、それはトルソーだった。生なり色の、目の粗い生地を張られた小ぶりな女性の上半身。下半身は錬鉄製の黒いスタンドだ。寝室にいるのは礼那ひとりで、いつかちゃん——目ざましをかけた時間のすこし前に目がさめるという特殊体質——は、すでに一日を始めているらしい。ゆうべ、あけたままにしておいた窓から、どんよりと重たそうな曇り空が見える。

いつかちゃんはリビングの床に坐って、足の爪を切っていた。爪切りは、きのう掃除をしたときに見つけたもので、ヘイリーのアパートは、やたらに物が転がっているのだった。

「おはよう。コーヒーできてるよ」

ぱちん、ぱちん、という音のあいまに、いつかちゃんは言った。

午前中に街を歩き、買物をした。水と食料、トイレットペーパー（予備のロールが一つしかなかったのだ）。いったん荷物を置きに部屋に帰り、買ってきたインスタント食品（レンジで調理するマカロニチーズ）とトマト、コーラで昼食にしたあと、また街を歩く。天気予報通り気温が低く、川ぞいの道はとくに風がつめたかったが、ボアつきのブーツと毛糸の帽子、ミトン型手袋のおかげで快適だった。

礼那が驚いたのは、まず、ナッシュヴィルの人々のフレンドリーさだった。おはようとかこんにちはとかの挨拶だけじゃなく、知り合いだったっけ？　と思うくらい、個人的な感じでいきなり話し始めるのだ。東部は雪らしいが、交通機関にどの程度影響がでているのかわからない、とか、自分はすぐそこの薬局を昔から信頼していたのに、新しい店員が入ってから信頼できなくなった、その店員は、コフドロップとトローチの区別もつかないのだ、とか。赤ん坊を抱っこ紐で胸にくくりつけている男の人を見て、あの抱き方はよくない、と、なぜだかいつかちゃんに力説するおばあさんもいた。母音の強調された発音は聞きとりにくく、でもそれも新鮮で、礼那は早くもこの街の人々を、〝好き〟に分類してしまう。

「随分話し好きな人たちだね」

いつかちゃんは言い、迷惑そうに顔をしかめたけれども。

ヴィクトリーパーク、と標示された丘にのぼると、街が遠くまで見渡せた。鉄道の高架橋を、古めかしい貨物列車が通るのも。

「ヘイリーのアパートはあのへんだよ」

地図と景色を見較べながら、いつかちゃんが教えてくれたのだけれど、礼那は返事をしなかった。貨車の数を数えていたからで、その連なりは、おもしろいほどどんどんのびていくのだった。

「いつかちゃんもいっしょに数えて」

連なりから目を離さずに、礼那は言った。

「あの黄色いやつで二十五台目だよ」
二十六、二十七、二十八、二十九……。水色の箱形のやつが四台続き、黒い円筒形のやつが十台続いたあとで、臙脂色の箱形が四台、また水色が八台、白が続き、五十二、五十三、五十四……。連なりはときどき停止しながら、ゆっくりゆっくり、でもきりもなく後続車両を出現させながら進んでいく。六十八、六十九、七十……。
「うそ。長すぎ」

いつかちゃんが呟く。線路は丘の周囲をとりまくようにカーヴして続いているので、ほとんど景色の端から端まで貨物列車が一本線になっている。思わずびくりと首をすくめるほど大きな、警笛の音。八十六、八十七、八十八……。

「すごい」

礼那もつい声をもらした。

「よく脱線しないね」
九十七、九十八、九十九、
「百！」

声が揃った。最後の貨車だった。全部で百両の貨物列車。礼那はなぜかうれしくなる。

「チーク！」

従姉の頰に頰をつける。

「いいもの見たね」

そう言ったいつかちゃんもうれしそうだったので、礼那はますますうれしくなった。

アパートに戻って待っていると、約束の五時よりすこし早く、チャド（きょうもロシアの兵隊みたいなコートを着ている）がいつかちゃんを迎えに来た。

「緊張する」

いつかちゃんが日本語で言ったので、

「彼女、緊張してるって」

と、礼那はチャドに通訳した。

二人が行ってしまうと、礼那はリースチョコレートと共に唇形のソファに陣取り、テレビをつける。ニュース、アニメ、素人がでてきて口論する番組（最後は決ってつかみあいの喧嘩になり、警備員にひき離される）——。あまりおもしろくなさそうなものばかりだったが、ビニールの一人掛けソファは、その奇怪な見かけによらず、坐り心地がよかった。

入口のすぐ脇、ガラスを通して道からよく見える場所に、小さなステージがあることはある。でも、それを除くと、そこはライヴハウスというより、開店前の、ただの普通のバーに見えた。入口から奥に向って長いカウンターがあり、カウンターのうしろの棚には酒壜がずらりとならんでいる。商標入りのビールサーバーも。木製の床はおそろしく傷だらけで、おなじく木製の壁には、有名なのかもしれない（が、逸佳にはわからない）ミュージシャンたちの、写真やサインやサイン入りギターが所狭しと飾られている。店内に三つある丸テーブル（ただし、椅子はない）のうちの一つに、いま逸佳はフレッド・なんとか（苗字も教わったのだが、聞きとれなかった）と向い合って立っている。

「仕事は午後七時から十一時まで。店は午前二時までだけれど、深夜シフトは別の人間がいるからいい。時給は九ドル、プラスチップ。休業日は日曜のみ。試用期間が一週間、る？」

　問題がなければ、最低でも大晦日までは働いてもらう。そのあとのことは、誰にわか
　フレッド・なんとかは早口で言う。肌の浅黒い、ずんぐりした体型の男性だ。黒いシャツにブルージーンズ、黒いカウボーイブーツ。銀の首飾りをつけていて、ベルトにも指輪にもターコイズがはめ込まれている。

「当然、非正規雇用だ。それはわかるね？」

「はい」

　逸佳はゆっくりうなずく。情報量が多すぎて、頭のなかが混乱する。

「あの、ペンをお借りしてもいいですか？」

「いいとも」

　フレッドはこたえ、体型に似つかわしくない優雅な素早さでカウンターからボールペンを取ってくる。

「それから、きみはあくまでも二十一歳だ」

　逸佳のパスポートを、テーブルごしに返してくれながら言う。

「もしそれが嘘で、たとえば十七歳だったなんてことが判明したら、だましたのはそっちで、だまされたのがこっちだ。わかるね？」

「はい」

逸佳はまたうなずいた。勤務時間、時給、最低でも大晦日まで――。必要なことを地図の余白にメモするあいだ、フレッドは辛抱強く待っていてくれた。

「よし。それじゃあ、よろしく頼むよ」

手をさしだされ、反射的に握手に応じはしたものの、逸佳には、何かが決った実感がなかった。これだけ？　と思う。面接のようなものだとチャドには聞かされていたが、フレッドは逸佳に何も訊かなかった。アメリカで何をしているのかも、こういう仕事の経験があるのかどうかも。

「まず、何かたべてくるといい」

フレッドが言った。

「まかない的なものは、ここには一切ないから」

と。

「ええと」

逸佳は困惑する。

「それは、今夜から働くっていうことですか？」

一瞬、気まずい沈黙が降りる。

「ええと」

逸佳が口にしたのとまったくおなじ言葉を、今度はフレッドが口にした。

「一体いつからならお働きいただけるんでしょうかね」

逸佳は返答につまり——具体的なことを、何も考えていなかったのだ——、結局、

「今夜」

とこたえる。

「今夜から働きます。七時に戻ってきます」

宣言みたいにきっぱり言って、店をでた。おもては人も車も多く賑やかで、夜の始まりの色をした空気のなかに、ネオンが派手派手しくまたたいている。ライヴハウス、ライヴハウス、ライヴハウス。レストラン、ライヴハウス、服屋、靴屋、ライヴハウス。ブロードウェイは、ライヴハウスだらけだ。早くアパートに帰って、礼那の顔が見たかった。仕事をもらえたと言ったら、礼那は何て言うだろう。

娘に持たせたクレジットカードを止めたことを、新太郎は早くも後悔し始めていた。あれから一週間がたつのに、娘からはもちろん妹夫婦からも、何の連絡もない。このあいだまでは、カード会社に電話をすれば、二人の足どりがかなり細かくつかめたのだが、いまやそれもかなわない。

曇り空だ。事務所として借りているビルのベランダにでて、煙草をくわえて火をつけた。新太郎が事業主なのに、職場環境に厳しい若いスタッフたちによって、数年前から

室内禁煙にされてしまったのだ。セーター一枚では寒かったが、エアコンのきいた室内にながくいたので、外気のつめたさは気持ちよくもあった。製図台にかがみ込み続けだった腰をのばす。高速道路の高架が見える。手すりごしに下を見れば、アスファルトの道と横断歩道、街路樹、向いのビルの一階のインド料理屋。

カードが最後に使われたのは、オハイオ州クリーヴランドのスーパーマーケットだった。その前はおなじ街のレストランなので、すくなくともカードを止めた時点では、あの子たちはその街にいたはずだ。カードが使えないことに気づいたのはいつだったのだろう。ホテルをチェックアウトするときだろうか、それともレストランで支払いをするとき？　いずれにしても驚いたに違いない。慌てただろう。少女二人の、その動揺を想像すると、胸が痛んだ。悄気(しょげ)ただろうか、それとも腹を立てた？

交通機関への支払いとしては、二週間前にシカゴ行きのバスチケットを買っている。わかっているのはそこまでだった。バスでシカゴに移動して、それからどうしたのだろう。さらにどこかに移動したのか、いまもまだそこにいるのか——。

新太郎は煙草をもみ消す。工事現場によくある、赤い四角い缶のスタンド式灰皿。禁煙をしてみようかという考えが、ふと頭に浮かんだ。誰かの無事を祈るとき、好物を断つとご利益があるという話を、どこかで聞いたことがあった。が、すぐに自嘲の笑みを浮かべ、その考えを斥(しりぞ)ける。新太郎は、自分を理性的な人間だと思っている。理性的な人間は、迷信に惑わされたりするべきではない。
そこで二本目の煙草をとりだし、火をつけて深々と吸った。

パトリック——神父さまだが、名前で呼ぶことになっている。気さくなひとなのだ。四十代で大柄、肌がいつも赤い——は、教会の、あけ放たれた扉の内側、パンフレットのささっている棚の前に立ち、信者一人一人に声をかけて見送る。立ち話、握手、背中にそっと添えられる手——。ミサそのものの時間より、ミサのあと、こうして彼に挨拶をする順番を待つ時間の方がながいことがあり、理生那はそれが苦手なのだが、だからといって避けて通ることはできない。地域社会というものがあり、挨拶を待つ時間は信者同士の社交の時間でもあるのだ。近所の人たち、近所と呼ぶには遠すぎる場所から、毎週わざわざ来る人たち。そのなかには譲の所属するアイスホッケーチームの〝ママ仲間〟もいれば、理生那が毎週火曜日の夜に、聖書の勉強会で顔を合せるメンバーもいる。もちろん知らない顔もあるが、知っている人たちはみんな、礼那のことを気にかけてくれている。突然娘がいなくなってしまった、気の毒な母親である理生那のことも。気遣いの表明のしかたは人それぞれだ。心配そうな表情や口調、質問、あかるすぎるほどの笑顔、冗談、〝お互い子供には苦労させられるわね〟的な励まし、〝自分を責めてはだめ〟的ななぐさめ、あるいは一切それに言及しないこと——。

その一つずつを理生那は受けとめる。返事をし、礼を言い、必要に応じて笑顔をつくる。あるいは深刻そうな顔を。そして、でも結局のところ、娘のことはちゃんとわかっている、というふりをする。〝旅〟は子供に必要な成長過程の一つで、騒ぐほどのことではない、と思っているふりを。

「知ってる?」

隣家のアリスが耳元で言う。

「あなたに必要なのは、〝私は元気です。あなたは?〟って大書きしたTシャツよ」

理生那は苦笑し、同意した。七〇年代にはヒッピーだったというアリスは敬虔なクリスチャンだが、反骨精神にも富んでいるのだ。私は元気です。あなたは? そんなTシャツを着た自分を、理生那は想像してみる。ここにいる誰もが――アリスと夫のエドワードを除いて――ぎょっとするだろうが、いちばん驚くのは潤に違いない。妻の頭がどうかしてしまったのだと思うだろう。目をそむけ、見なかったことにするかもしれない。潤にとって、見えないものは無いものなのだ。

そんなことを考えているうちに、ようやく挨拶の順番が回ってくる。理生那を見ると、パトリックは両腕をひろげ、

「リョーナ!」

と、彼としては正確に発音しているつもりの理生那の名前を呼ぶ。

「来てくれてうれしいよ。先週は姿を見せてくれなかったね。勉強会も欠席だったし」

理生那は、息子が風邪をひいていたのだと説明し、今週の勉強会には出席しますと言い添える。パトリックは、礼那のことには触れない。それについてはすでに十分話し合ったからだ。神さまが護ってくださる。結論を言えばそういうことだ。

「じゃあ、火曜日に」

理生那が言うと、パトリックもおなじ言葉を返してくれる。

「Right, see you on Tuesday」

と、いかにも気さくな神父にふさわしく、軽く片手をあげて。

自分の車に戻ると、理生那は赤い手提げ――去年の誕生日に子供たちから贈られたものだ――から水のボトルをとりだし、たっぷりとのんだ。教会という場所は好きだし、ミサも心を落着かせてくれるが、社交は好きではない。

シートベルトを締め、エンジンをかける。窓をおろし、アリスとエドワードに手をふった。

私は元気です。あなたは？　思いだし、理生那はまた苦笑する。自宅に向って車を走らせながら、もしそんなTシャツがあったら、教会でよりもむしろ家で、潤の目の前で着てみたいと思った。

勉強会は欠席したし、課題も読まなかったが、かわりに、理生那は先週、出エジプト記を読み返した。いまの自分に必要な章だと思ったからで、夜、家族が寝静まったあとの台所で、ゆっくりと読んだ。理生那の解釈では、そこには〝信じて待つ〟ことの大切さが書かれている。モーセの不在に耐えかねた人々が、不安をまぎらせたくて金の子牛の像に祈りを捧げる。十戒を携えて山から戻ったモーセは、それを見て失望する。偶像崇拝だからだ。偶像崇拝は、十戒の二つ目に禁じられている。

そこまでは憶えていた。憶えていて、だからこそ読み返そうと思ったのだが、先週、理生那が新しく興味を覚えたのは、九つ目の戒めだった。他人のことで嘘をついてはいけない――。

他人のことで、とわざわざ断るからには、自分のことでならいいのだろうか。やむを得ないから？　理生那にはそう思える。元気でなくても元気なふりをしたり、悲しくなくても悲しい顔をしたりする必要が、人生にはたくさんある。聖書を書いた人たちが、現代生活におけるそういうあれこれを考慮してくれたとは思えないが、それでもいつの時代にも、人は自分を部分的に謀り、なんとか周囲と共存してきたのではないのだろうか。周囲と、あるいはたとえば夫と――。

（下巻に続く）

本書は、二〇一九年五月、集英社より刊行された
『彼女たちの場合は』を文庫化にあたり、上下二巻として再編集しました。

初出誌
『小説すばる』二〇一五年三月号〜二〇一八年七月号

集英社文庫

彼女たちの場合は　上

2022年4月30日　第1刷　　定価はカバーに表示してあります。

著　者　江國香織

発行者　徳永　真

発行所　株式会社　集英社
東京都千代田区一ツ橋2-5-10　〒101-8050
電話　【編集部】03-3230-6095
【読者係】03-3230-6080
【販売部】03-3230-6393（書店専用）

印　刷　凸版印刷株式会社

製　本　凸版印刷株式会社

フォーマットデザイン　アリヤマデザインストア　　マークデザイン　居山浩二

ISBN978-4-08-744370-7 C0193